DER SANDMANN

SANDRA ENGLER

Eins, Zwei, Drei, der
Sandmann kommt vorbei!

Hilf mir!

PSYCHOTHRILLER

SANDRA ENGLER

DER
SANDMANN

PSYCHOTHRILLER

Informationen zu diesem Buch

In Bremen treibt ein brutaler Serienkiller sein Unwesen. Er selbst nennt sich der Sandmann, sein Beuteschema sind blonde, gerade mal 18jährige Frauen.

Der für den Fall zuständige 35-jährige Kommissar David Hixx tappt in diesem Fall noch immer im Dunkeln.

Zusammen mit seinem Partner Devlin Andrews versucht er, die fehlenden Puzzleteile zusammenzusetzen, dabei kommt er selbst ins Visier des Serienkillers. Eine spannende Hetzjagd beginnt

Der Sandmann

Sandra Engler

Psychothriller

ISBN: 9783748184669

Autor:	Sandra Engler
Cover:	Sandra Engler
Lektorat:	Christian Marx

Herstellung und Verlag:

BoD-Books of Demand,

Norderstedt

Inhaltsverzeichnis

1. Die Schlagzeile

Der klare Himmel war in dieser Winternacht rabenschwarz. Die Sterne funkelten hell im Schein des goldgelb leuchtenden Vollmondes. In der Stadt Bremen fegte der kalte Wind durch die leeren Straßen.

Eine Zeitungsseite der heutigen Bremer Tageszeitung des Weser-Kuriers schwebte über den Boden hinweg.

Auf der Titelseite war die Schlagzeile: „Der Serienkiller hat in Bremen erneut zugeschlagen" in dick gedruckten schwarzen Buchstaben zu lesen.

Darunter stand in etwas kleineren Buchstaben. „Bremen, der 12. Dezember 2017.

Am gestrigen späten Abend ging beim Polizeirevier Vahr, in der Vahr 76 in Bremen, ein Anruf wegen eines erneuten Leichenfundes ein.

Es ist mittlerweile der zweite Todesfall innerhalb von drei Wochen. Ein junges Paar fand die Leiche der achtzehnjährigen Maria Kamps aus Borgfeld in einem naheliegenden Gebüsch der Diskothek Supermäx in der Borgwardstraße 2 in Bremen.

Das Opfer erlitt 24 tödliche Skalpell- Stiche in den Brustbereich. Auf ihrer Brust las man die Botschaft: ‚Der Sandmann war da.'

In ihrer linken Hand fand man diesen Vers: ‚Du konntest diese Strophen nicht richtig singen, ab heute wird aus deinem Mund nie mehr etwas klingen,'

Der jungen Frau wurde die Zunge herausgeschnitten. Danach nähte der Täter ihr die Augen zu.

Es deutet alles darauf hin, als hätte sich der Täter ihre Zunge als Souvenir seiner letzten grausamen Tat mitgenommen.

Die Polizei geht davon aus, dass es sich beim gesuchten Massenmörder um einen Medizinstudenten oder einen Arzt handelt. Für eventuelle Hinweise, die zur Aufklärung des Verbrechens beitragen könnten, wenden sie sich bitte an das nächste Polizeirevier."

2. Kuss Rosa

Zur gleichen Zeit saß Kommissar David Hixx, der Leiter der Mordkommission, verzweifelt bei einem kalten Feierabendbier im Kuss Rosa in Bremen am Tresen. Der 35- Jährige fuhr dabei immer wieder mit seinen Händen durch sein kastenförmig geschnittenes, dunkelblondes Haar.

Die Verzweiflung stand ihm dabei förmlich in seine dunkelbraunen Augen geschrieben.

Erst im letzten Jahr hatte er sein Können bei einem brutalen Mord unter Beweis gestellt. Die Ehefrau eines Bankdirektors wurde stranguliert.

Damals gab es wie heute keinerlei Indizien, wer das Verbrechen begangen hatte.

Doch auf seine Spürnase war wie immer Verlass. Nach endlosen Ermittlungen gelang es ihm, den Täter zu überführen.

Es war der Ehemann, der seine Frau wegen einer hohen Lebensversicherung erwürgte.

Seine hohen Schulden trieben den Bankdirektor zu dieser Tat. Danach beförderte man Hixx vom Polizisten zum Kommissar. In seiner ganzen Dienstzeit von knapp 21 Jahren wurde ihm niemals zuvor solch ein Lob und Respekt entgegengebracht. Diese Zeit verbuchte er darum als den Höhepunkt seiner Karriere.

Nachdem Hixx hinter sich einen kalten Luftzug spürte, schaute er auf seine silberne Quarzarmbanduhr mit dem dunklen Zifferblatt. Es handelte sich um ein Erbstück seines Vaters.

Der 60-Jährige verstarb im letzten Jahr an einem Herzinfarkt. Sein Tod kam für ihn sehr unerwartet, da er zu Lebzeiten niemals kränkelte.

Es war Punkt drei Uhr. Sein Interesse wurde geweckt. Wer kam zu so später Stunde noch in die Kneipe? Bis auf vier Billardspielern, die im hinteren Raum noch ihre letzte Runde zu Ende spielten, war das Kuss Rosa radikal leer. Die meisten Gäste waren schon vor null Uhr gegangen. Hinter ihm hörte man, wie jemand einen Euro in die Musikbox einwarf.

Danach erklang sein Lieblingslied „Streets of Philadelphia" von Bruce Springsteen. Voller Neugierde schaute er zur Musikbox rüber.

Ein sanftes Lächeln kam über seine Lippen. Steven Lehman, sein alter Schulfreund von früher, stand vor ihm. Er hatte ihn schon seit einer halben Ewigkeit nicht mehr gesehen.

Seit er sein Medizinstudium als Psychologe absolviert hatte, sah man den 32-Jährigen, blonden, schlanken blauäugigen Arzt immer seltener.

„Na, Herr Kommissar, was macht
die Kunst?"

„Mensch, Steven, du altes Haus,
schön, dich zu sehen. Bei mir
läuft`s leider momentan nicht so
berauschend. Ich habe mich bei den
Ermittlungen festgefahren."

„Ach, du redest von dem Mord an
den zwei Frauen?"

„Ja, genau!"

„Das Thema ist zurzeit das
Gesprächsthema Nummer eins
hier in Bremen. Die Medien
berichten seit den letzten zwei
Wochen über nix anderes mehr."

„Habt ihr denn schon eine Spur?"

„Das ist es ja eben, wir tappen im Dunkeln. Dieses kranke Arschloch kann jede Sekunde erneut zuschlagen. Und was kann ich dagegen tun? Rein Garnichts.

Es ist so deprimierend, ich sitze hier, spüle meinen Kummer runter und trinke ein Bier nach dem anderen.

Mir selbst ist natürlich bewusst, dass Alkohol ein Problem nur verdrängt, aber niemals löst. Es ist zum verrückt werden! Alles läuft momentan aus den Rudern.

Du musst dir mal vorstellen,
der Mörder hat alle Spuren der
Taten feinsäuberlich beseitigt.
Die Spurensicherung fand am
Tatort rein Garnichts.

Selbst die Autopsie konnte keine
Fremde DNA an den Opfern
sicherstellen. Ich steh zurzeit
wirklich neben mir."

„So ein Nonsens, früher oder später
wird dieses Schwein einen Fehler
machen. Irgendwann werden sie alle
größenwahnsinnig.

„Du wirst sehen, wie schnell ihr
diesen Psychopathen durch seinen
Leichtsinn dingfest macht."

„Meinst du wirklich? Ich hoffe, du hast Recht. Wie läuft es denn bei dir so?"

„Ich habe vor einem halben Jahr hier in Bremen meine eigene Praxis eröffnet. Zu Anfang gab es ein paar Schwierigkeiten, aber zurzeit läuft`s echt super."

„Das freut mich für Dich!"

„Ganz ehrlich, willst du meinen Rat als Arzt wissen? Du siehst ziemlich fertig aus! David, du solltest nach Hause gehen und dich mal so richtig ausschlafen, dann sieht die Welt morgen gleich ganz anders aus."

„Vielleicht sollte ich das wirklich tun. Wahrscheinlich hast du wie immer Recht."

„Hier hast du meine Visitenkarte, solltest du bei diesem Fall meinen fachmännischen Rat brauchen, scheue dich nicht mich anzurufen."

„Danke, Steven, da komme ich bei Bedarf gerne drauf zurück."

Hixx nahm den letzten Schluck aus seinem fast leeren Bierglas. Eilig bezahlte er seine Zeche.

„Mach`s gut Steven! Ich hoffe wir sehen uns bald mal wieder."

„Bestimmt, ich bin übrigens meistens Donnerstagabend hier. Um mich bei ein paar Drinks zu entspannen. Meistens findet man dann immer jemanden für einen kurzen Klönschnack."

„Kommen Sie gut nach Hause, Herr Kommissar", erwiderte Steven schmunzelnd.

„Ich hoffe, dass du den Täter bis zu unserem nächsten Treffen gefasst hast."

„Das will ich doch stark annehmen."

Hixx zog sich seinen schwarzen, gefütterten Wollmantel über.

Danach verließ er voller Zuversicht das Kuss Rosa. Das Gespräch mit seinem alten Freund beflügelte ihn zu Höchstleistungen. Es tat gut über seine Probleme zu reden, anstatt alles in sich hineinzufressen. Diesen Fehler hatte er lang genug gemacht.

3. Das Gespräch

Draußen fing es an zu schneien. Die dicken Schneeflocken verwandelten den trostlos grauen Asphalt nach und nach in eine glitzernde Pracht.

Der klirrend kalte Wind wehte den Kommissar um seine Ohren, die mittlerweile knallrot waren und ein wenig schmerzten.

Er war todmüde, wie sehr sehnte er sich nach seinem warmen Bett. Nur noch wenige Meter trennten ihn von seinem Zwei-Zimmer-Apartment in der Waterloo Straße 34.

Überraschend vernahm er den Bonanza - Klingelton seines Handys.

Aufgebracht schrie er:
„So eine verdammte Scheiße.
Muss das Handy gerade jetzt klingeln?"

Hastig fasste seine linke Hand in seine rechte Manteltasche. Sie zog ein weißes iPhone 6 aus seiner Tasche heraus. Eilig nahm er das Gespräch entgegen.

„Ja, hallo, hier Hixx!
Oh nein, ich bin schon unterwegs.
Bis gleich."

Hixx allergrößte Befürchtung war eingetreten. Der Serienkiller von Bremen hatte ein weiteres Mal zugeschlagen.

Das Beuteschema änderte sich keineswegs, auch diesmal handelte es sich um ein junges, blondes, achtzehnjähriges Mädchen. Warum nur mussten es unbedingt blonde Frauen sein?

Weshalb waren alle Opfer 18 Jahre alt? Wieso nahm er sich bei jedem brutalen Mord ein Souvenir des Opfers mit?

Diese Fragen beschäftigten
den Kommissar zutiefst. Wenige
Minuten später traf er am Tatort
am Weserufer ein.

Ein Streifenwagen stand vor
Ort. Devlin Andrews, der junge,
schlanke, dunkelhaarige, gerade
einmal 19-jährige Polizist mit
der Undercut - Frisur und den
dunkelgrünen Augen wartete schon
ungeduldig auf seine Ankunft.

„Hallo, Devlin, habt ihr was
gefunden?"

„Gut, dass du hier bist.

Wir haben neue Erkenntnisse. Beim Opfer konnte die Spurensicherung einen Schuhabdruck der Marke Salamander, Größe 43 sicherstellen.

Das Opfer wurde laut ersten Analysen mit zwölf gezielten Messerstichen in den Bauch getötet.

Näheres hierzu kann ich erst morgen früh sagen, wenn mir das genaue Autopsieergebnis vorliegt. Sie starb meines Erachtens an inneren Blutungen.

Der Todeszeitpunkt muss so zwischen ein und zwei Uhr eingetreten sein.

Als Andenken nahm er sich dieses Mal ihre Augen mit. Er trennte die Augäpfel feinsäuberlich mit einem Skalpell heraus. Ich kann dir nur raten, spar dir den Anblick. Es ist wirklich grauenhaft."

„Gibt es sonst irgendwas, was ich wissen sollte?"

„Nein!"

Hixx ging geradewegs auf den abgesperrten Teil zu, wo sich die Leiche befand. Toni hatte ihn zwar davon abgeraten, aber er musste die Leiche selbst sehen.

Vielleicht hatten sie ja ein wichtiges Detail übersehen. Völlig entrüstet stand er da. Wie grausam dieser Mörder doch vorging.

In seiner ganzen Dienstzeit hatte Hixx ein so brutales Vorgehen noch niemals zuvor erlebt.

Er sah sich den nackten, entstellten, blutverschmierten Leichnam an.

Wo einst ihre Augen waren, erblickte man jetzt nur noch zwei leere ausgehüllte, voller Blut triefende Löcher.

Auf ihrem Körper stand in Blut geschrieben: „Schlaf, mein Kindchen, schlaf in aller Ruh, ab heute machst du deine Augen nie wieder zu."

So ein Psychopath. Hixx wurde bei diesem grauenhaften Anblick speiübel. Hastig drehte er sich zur Seite weg. Danach übergab er sich drei Mal hintereinander. Devlin kam danach erneut auf ihn zu.

„Ich habe Sie doch extra vorgewarnt, Hixx."

Hixx schluckte.
„Ich hätte niemals mit so einem entsetzlichen Anblick gerechnet.

Ich werde jetzt nach Hause fahren und mir noch eine Mütze voll Schlaf gönnen. Den Polizeibericht erwarte ich allerspätestens morgen auf meinen Bürotisch."

„Wird erledigt, Herr Kommissar. „Ich wünsche einen erholsamen Schlaf".

„Danke, Devlin, den werde ich hoffentlich haben."

4. Der erste Mord

Mit diesen Worten verließ Hixx den Tatort. Rasch begab er sich auf den Heimweg. Auf den Nachhauseweg ging Hixx jedes kleinste Detail noch einmal durch.

Ihm war klar, dass sie den Serienkiller mit den neuen Beweisen keinesfalls überführen konnten. Da es die Marke Salamander, sowie die Schuhgröße 43 wie Sand am Meer gab.

Man musste der Tatsache wohl oder übel ins Auge blicken. Sie bewegten sich bei ihren Ermittlungen im Kreis.

Wahrscheinlich amüsierte es den Täter zu sehen, dass die Polizei noch immer im Dunkeln tappte.

Hixx konnte sein spöttisches Lachen förmlich hören.

Es brachte ihn zur Weißglut, dass ihm nach fast zwei langen Wochen der Erfolg ausblieb. Ein anderer Kommissar hätte diesen Massenmörder wahrscheinlich schon längst überführt.

Sein Selbstvertrauen nagte mittlerweile an seinem Selbstbewusstsein.

Er fragte sich, wie diese Morde eigentlich angefangen hatten.
Dabei verfiel er in Erinnerungen.

Am Samstagmorgen des 25. Novembers 2017 klingelte es um 10 Uhr an seiner Haustür Sturm.

Mühsam rappelte er sich nach einer verzechten Nacht im Kuss Rosa auf. Er torkelte im Halbschlaf zur Tür und öffnete diese. Sein Kollege Devlin Andrews stand völlig aufgelöst vor ihm.

„Ja, was ist denn los?"

„Mensch, Hixx, warum gehst du nicht an dein Handy?

Ich versuche dich seit einer geschlagenen Stunde zu erreichen.

Wir haben einen Einsatz. Komm, wir müssen sofort zum Bürgerpark fahren. Dort wurde eine junge Frauenleiche gefunden.

Ein älterer Herr ging heute Morgen im Park mit seinem Hund Rex spazieren. Dabei stolperte er über den Leichnam, der mit Blättern abgedeckt wurde."

„Das ist ja grauenvoll, verschone mich bitte so früh am Morgen mit genauen Einzelheiten. Warte kurz, ich zieh mir nur schnell etwas über."

„Mach das, putzt dir bei der Gelegenheit bitte gleich die Zähne. Deine Fahne ist einfach unerträglich, nicht dass ich bei der Fahrt zum Tatort noch ohnmächtig werde."

Hixx verschwand in sein Apartment. Wenige Minuten später kam er bekleidet mit einer tiefblauen Jeans, schwarzen Winterstiefeln, einem roten Rollkragenpullover und einem schwarzen Parka wieder.

Beide hetzten die Treppen aus dem dritten Stock hinunter zum Polizeiwagen, den Devlin direkt vor seiner Haustür geparkt hatte.

Eifrig stiegen die zwei ins Auto.
Devlin startete den Motor. Dann
fuhr er wie ein Henker durch die
Stadt hindurch.

„Mensch, rase doch nicht so. Ich
wollte noch lebendig am Bürgerpark
ankommen."

„Dass ich nicht lache, du
Schnapsleiche. Wenn ich dich heute
Morgen gleich erreicht hätte,
müsste ich jetzt mit Sicherheit nicht
aufs Gaspedal treten. Wir müssen
uns echt ranhalten. Der Anruf kam
heute Morgen um 9:00 Uhr rein.

Mittlerweile ist es bestimmt schon 10:30 Uhr. Die wundern sich bestimmt schon, wo wir bleiben."

Hixx fasste sich an die Stirn. „Hast du Kopfschmerztabletten dabei? Mir dröhnt so der Schädel."

„Ja, schau mal im Handschuhfach nach, da müsste noch Aspirin drin sein!"

Seine Hand griff zum Handschuhfach. Er öffnete es und wühlte ein wenig darin herum.

„Was hier so alles drin ist. Das ist ja noch schlimmer als eine Frauenhandtasche!"

Doch dann wurde er neben einer Acht - Millimeter - Pistole des Herstellers Walters fündig.

„Da sind sie ja, aber sag mal ehrlich, wozu brauchst du bitte Lippenstift?"

Devlin fing an zu lachen: „Du Vollidiot, das ist der Wagen von meiner neuen dunkelhaarigen, schlanken, netten Kollegin Gabrielle Stelzer. Sie wurde erst vor kurzen von der David Wache in Hamburg hierher in das dritte Revier Bremen Vahr versetzt."

Er lächelte schelmisch.

„Ach, Devlin, das hätte ich an deiner Stelle jetzt auch gesagt."

„Ich benutze ihn nur dieses Wochenende, weil meiner grade in der Werkstatt ist. Mir ist doch letzte Woche Dienstag tatsächlich jemand hinten drauf gefahren.

Natürlich hatte der Typ Schuld, da er die Vorfahrt nicht beachtet hat.

Nie und nimmer, mein Lieber, bestimmt bist du an diesem Tag genauso chaotisch gefahren wie heute. Bei deinem Fahrstil bekommt ja selbst ein gesunder Mensch einen Herzinfarkt."

Devlin warf ihm einen grimmigen Blick zu. „Du musst es ja wissen, du Schnapsdrossel.

Naja, mein Wagen sah jedenfalls danach schrottreif aus. Gott sei Dank zahlt seine Versicherung den Schaden.

Der Chef der Kfz - Werkstatt meinte, ich könnte ihn Montag wieder abholen.

Die Reparatur dort geht echt fixer als ich anfangs vermutet habe, aber nun sag mal, warum trinkst du eigentlich in der letzten Zeit so viel?

Du hast doch sonst nie Alkohol getrunken! Hast du irgendwelche Probleme?"

„Ja, die habe ich!
Ich finde deinen Fahrstil scheiße!
Deshalb gebe ich mir auch täglich die Kante."

Devlin schluckte!

„Ich wollte dir keineswegs zu nahetreten! Ich mache mir nur Sorgen!"

„Ganz ehrlich, es geht dich zwar überhaupt nichts an, aber da du ja sowas wie ein Kumpel für mich bist, kann ich es dir ja anvertrauen.

Es ist wegen Charleen. Sie hat mich vor sechs Tagen verlassen."

„Meinst du die Charleen Warnecke mit den strohblonden, langen, gewellten Haaren, den blauen Augen und dem heißen zierlichen Fahrgestell?"

„Ja, genau die meine ich!"

„Weshalb denn?"

„Sie wollte, dass ich meinen Job aufgebe."

„Warum?"

„Weil sie mit der täglichen Angst, dass mir beim Dienst etwas zustoßen könnte, keineswegs zurechtkam.

Du musst wissen, ihr Vater war auch Polizist. Er wurde während eines Einsatzes erschossen.

Sie war damals acht Jahre alt, als es passierte. Den schweren Verlust hat sie niemals richtig verarbeiten können.

Jedenfalls stellte sie mich vor sechs Tagen vor die Wahl, entweder der Job oder sie."

„Lass mich raten, du hast dich für den Job entschieden?"

„Ja, genauso ist es.

Ich liebe meine Arbeit zu sehr, um sie niederzulegen. Schon als Kleinkind war mein Traum, später ein guter Polizist zu werden.

Das soll aber keinesfalls heißen, dass ich Charleen nie geliebt habe. Ich liebe diese Frau wirklich vom ganzen Herzen. Doch was sie da von mir verlangt, ist doch total verrückt.

Sie wusste doch von Anfang an, dass ich Polizist bin. Warum hat sie sich denn erst auf mich eingelassen?

Nein, das ist mir echt eine Nummer zu hoch.

Naja, sie packte danach jedenfalls ihre Sachen zusammen und ging. Seitdem herrscht zwischen uns Funkstille. Tja, da soll jemand doch echt die Frauen verstehen."

„Trotzdem solltest du deinen Kummer keinesfalls im Alkohol ertrinken. Ruf sie doch mal an! Erkläre ihr doch, dass du sie liebst, aber deinen Beruf ebenso!

Oder besser noch, besorge ihr einen guten Psychiater!

Der mit ihr zusammen ihr traumatisches Kindheitserlebnis aufarbeitet."

„Hm, vielleicht ist die Idee ja gar nicht mal so schlecht. Ich lass mir die Sache mal durch den Kopf gehen."

Hixx war froh, endlich konnte er sich seinen Schmerz mal von der Seele reden. Was ihn aber noch viel mehr begeisterte: es hörte ihn wirklich mal jemand zu.

Wie erleichtert man sich doch durch so ein Gespräch mit seinem Kollegen fühlte.

Ihm war klar, dass er zumindest bezüglich seines Alkoholkonsums recht hatte. Alkohol war nun wirklich keine gute Lösung für seine derzeitigen Probleme. Er musste das Problem beim Schopf packen und es beseitigen wie Unkraut in einem Garten.

„So, da wären wir," sagte Andrews und schaltete den Motor des Polizeidienstwagens aus.

„Die Spurensicherung ist schon fleißig dabei. Wollen wir hoffen, dass sie was Genaues für uns haben."

„Na, das wäre zumindest mal sehr abwechslungsreich."

Ziemlich zeitgleich stiegen beide aus dem Wagen. Hixx fand diese Momente einfach schrecklich. Er war schon ein alter Hase in seinem Beruf, dennoch konnte er sich nie an den Anblick von Leichen gewöhnen.

Obwohl dies doch eigentlich in seinem Beruf etwas ganz Alltägliches, Normales war. Als sie die Absperrung überquert hatten, erschrak der Kommissar über die Grausamkeit des Mörders.

Er musste diesen Psychopathen unbedingt finden, bevor er wieder zuschlug. Denn einen weiteren Mord könnte wohl auch sein Magen kaum noch verkraften.

„Oh mein Gott, Devlin, was ist das nur für eine Sauerei!"

„Ja, mit Blut hat unser Mörder wahrlich nicht gespart."

Devlin sah sich die komplett nackte, in einem Meer aus Blut liegende blonden Frauenleiche an. Neben ihr lag ringsumher verstreut herausgetrennte Gedärme.
So ein Anblick ließ trotz der Routine keinen kalt.

„So eine verdammte Sau. Er muss
Sie vorher vergewaltigt haben.
Da liegt noch ihr zerrissenes Kleid
und das, was von ihrem Slip
übriggeblieben ist."

„Da vorne ist Dr. Konrad Wenzel.
Der 52- Jährige führt die Autopsien
bei der Gerichtsmedizin durch.
Er ist auch für die Abteilung der
Spurensicherung zuständig.

Vielleicht kann er uns ja schon
etwas Präziseres dazu erläutern."

„Guten Morgen, Herr Dr. Wenzel."

„Guten Morgen, die Herren."

„„Haben Sie schon ein paar Informationen für uns parat?"

„Ja, sicher doch, meine Herren. Es handelt sich bei diesem Opfer um die 18-jährige Sophie Petersen.

Wir haben ihre Handtasche mit Ausweispapieren in einem naheliegenden Gebüsch sicherstellen können. Selbstverständlich teilten wir umgehend der Mutter, Frau Brunhilde Petersen, den traurigen Fund ihrer Tochter mit.

Dadurch erfuhren wir, dass unser Opfer im Dorit Park Hotel am Bürgerpark 1 als Au-pair-Mädchen tätig war.

Gestern Abend fing ihre Schicht
dort um 21 Uhr an. Sie endete
heute Morgen um ein Uhr. Das
Hotel bestätigte ihre Anwesenheit
und fügte hinzu. Frau Petersen habe
das Parkhotel heute früh um etwa
1:10 Uhr verlassen.

Wir gehen davon aus, dass der
Mörder ihr hier im Gebüsch nach
Feierabend aufgelauert hat.
Er überwältigte sie wohl von hinten,
schmiss sie zu Boden. Danach riss
er ihr Kleid und ihren Slip vom
Leib.

Man kann davon ausgehen, dass sich Frau Petersen wehrte.

Es kam zu einem Kampf.

Der Täter vergewaltigte sie hinterher. Dies lässt sich deutlich an den Oberschenkelhämatomen in der Innenseite ihrer Oberschenkel ersehen.

Anschließend schnitt er ihr die Augenlider ab, danach ihren Unterleib auf. Sie verblutete daran. Wenn ich das Schnittmuster genauer betrachte, verwendete ihr Peiniger hierzu ein Rasiermesser. Die Tatwaffe wurde bis jetzt nicht gefunden.

Zu guter Letzt verteilte er ihre Innereien. Ach, das hätte ich ja fast vergessen. Interessant ist auch dieser kurze Vers auf Pergamentpapier. Man fand ihn in ihrer linken Hand.

Hier, lesen Sie mal:

„Alle, die nicht brav schlafen tun, werden es nach meinem Besuch mit Sicherheit tun. Sie werden dann nie wieder wach, sie sind ganz kalt und auch ganz blass. Mein Herz dann vor Freude lacht, weil ich sie hab`umgebracht. Ihre Augenlider sind nun zu, sie schlafen für immer friedlich in aller Ruh.“

„Was für ein geisteskranker Scheiß!"

„Gewiss kann ich Ihnen Morgen mehr darüber berichten, wenn die Spurensicherung mit ihrer Arbeit fertig ist."

Dr. Wenzel bückte sich.
Er zog ein Paar transparente Latex-Einweggummihandschuhe aus seinem weißen Overall heraus.

Diese zog er sich flink an. Er hob eines der Gedärme auf, dass er dem Kommissar bluttriefend unter seine Nase hielt.

„Sehen Sie, meine Herren, das hier ist ein Dickdarm!"

„Igitt, das ist ja ab abscheulich",
merkte Hixx entgeistert an.

Rasch trat er ein paar Schritte
zurück. „Ich glaube, wir haben
für das Erste genug gesehen und
gehört."

Devlin grinste. „Aber ich hätte da
noch eine Frage! Wann war der
Todeszeitpunkt?"

„Er muss so zwischen 1:20 Uhr und
3:00 Uhr eingetreten sein."

„Vielen Dank für Ihre
Informationen, Herr Dr. Wenzel."

„Immer gerne wieder, die Herren.

Meinen Bericht hierzu haben sie morgen früh auf ihrem Schreibtisch."

„Auf Wiedersehen, Herr Dr. Wenzel."

„Bis bald, die Herren."

Hixx räusperte sich. „Wollen wir hoffen, dass sein Bericht morgen etwas aufschlussreicher ist."

„Ich bete, dass die Spurensicherung noch etwas gefunden hat, was uns in diesem Fall weiterbringen kann."

„Ja, das wäre echt Gold wert, denn die jetzigen Beweismittel sind für die Ermittlung dieses Falles recht mau."

„Ach, Devlin, meines Erachtens ist unser allergrößter Feind die Zeit.

Da der Mörder sich schon bald sein nächstes Opfer aussuchen wird. Wer weiß, vielleicht hat unser Killer das ja auch schon längst getan. Ich werde jetzt nach Hause gehen. Die letzte Nacht war kurz. Ein bisschen Schlaf wird mir guttun."

„Soll ich dich schnell rumfahren?"

„Nee, lass mal lieber, von der Hintour habe ich mich gerade erst erholt."

Devlin schmunzelte.

„Das Stück lauf ich lieber!
Frische Luft tut gut. Bis morgen
früh in aller Frische, Andrews."

„Ja, bis morgen, aber verspreche
mir, dass du heute keinen Alkohol
mehr anfassen wirst. Deine Fahne
heute Morgen war nämlich eine
halbe Körperverletzung."

Hixx kreuzigte die Finger.
„Na gut, versprochen."
Anschließend ging Hixx die Straße
am Bürgerpark hinunter.

5. Der Heimweg

Auf dem Nachhauseweg spukten Hixx die Worte, die sein Kollege eine Woche zuvor zum ersten Mord gesagt hatte, durch den Kopf.

Wie sollte er es nur einen Tag ohne Sprit aushalten? Sein Schmerz war schlichtweg gesagt zu groß. Ohne seinen kleinen Trostspender Johnny Walker würde er bestimmt schon längst auf den Friedhof liegen.

Wie oft dachte er schon über Selbstmord nach.

Ein kurzer lauter Knall in den Kopf mit seiner Acht-Millimeter-Pistole und alle seine Probleme würden sich in Luft auflösen.

Er träumte oft davon. In seiner Vision erkannte er deutlich seinen Grabstein: „Hier ruht Kommissar Hixx. Er verstarb mit 35 Jahren an einem gebrochenen Herzen."

Für ihn hatte sein ganzes Leben ohne seine große Liebe Charleen keinen Sinn. Was würde er doch dafür tun, wenn er diesen blöden Streit ungeschehen machen könnte? Doch leider war dies ja unmöglich.

Hinter sich vernahm er plötzlich recht laute Schritte, die ihn prompt aus seinen Erinnerungen zurück in die Realität holten. Blitzschnell drehte er sich um.

Seine Augen blickten sich unsicher in alle Richtungen um. Nichts! Die Straße war menschenleer, sollte ihn die Müdigkeit gar einen Streich gespielt haben? Sicherlich, so wird es gewesen sein, dachte Hixx. Tja, wer sollte einen Mordkommissar auch schon verfolgen?

Möglicherweise der Mörder. Er schmunzelte. Das wäre eine wahre Attraktion!

Ein Straftäter, der einen Kommissar beschattet. Trotz dessen fühlte Hixx sich bei diesem Gedanken unwohl.

Was wäre, wenn der Mörder sie die ganze Zeit am Tatort observiert hatte? Später wäre er ihm dann nachgegangen. Wie verrückt sich das anhörte. Gott sei Dank sah man von weitem schon das Mehrfamilienhaus, indem er sein Apartment bewohnte.

„Endlich, gleich werde ich meine Füße erstmal auf meinem schwarzen Ledersofa ausstrecken.

Dabei werde ich ein schönes Glas Johnny Walker trinken." Als er die Haustür erreichte, schloss er auf. Es kam ihm so vor, als wäre er keineswegs allein. Nachdem sich Hixx gerade umdrehen wollte, verspürte er einen dumpfen schmerzenden Schlag auf seinen Hinterkopf.

Ihm wurde sofort schwarz vor Augen. Langsam sank er zu Boden.

6. Die Hetzjagd

Durch die Sirene eines vorbeifahrenden Krankenwagens erlangte Hixx sein Bewusstsein zurück.

Geschockt schaute er sich um. Sein Körper lag direkt im Flur vor seiner angelehnten Haustür.

Der Schlüsselbund steckte noch immer im Schloss, als wenn nichts passiert wäre. Langsam zog sich der Kommissar an dem Türrahmen seiner Wohnungstür hoch.

„Oh, mein Kopf."

Noch völlig benommen fasste er mit seiner rechten Hand an seinen Hinterkopf.

„Mist, das gibt bestimmt eine Beule."

Aus seiner linken schwarzen Wollmanteltasche zog er sein Handy hervor. Hastig wählte er Devlins Nummer auf dem Display.

Das Klingelzeichen ertönte. Nach dem sechsten Mal hob Devlin ab.

„Ja, Andrews."

„Gut, dass ich dich erreiche.

Ich wurde gerade vor meinem Apartment überfallen. Komm bitte sofort her. Genauere Einzelheiten erzähle ich dir vor Ort."

„Bin schon unterwegs. Tschüss."

Hixx zog seine Walterpistole aus seinem Gurt heraus.

Langsam pirschte er sich über die Türschwelle seiner Wohnung in den Flur hinein. Aus dem Wohnzimmer, das auf der rechten Seite lag, vernahm man ein leises knisterndes Geräusch.

Daraufhin ertönte das Lied
„Liebeskummer lohnt sich nicht
my Darling" von Siw Malmkvist
aus seinem alten Plattenspieler.

Ihm war klar, sein Attentäter musste
sich noch in seiner Wohnung
befinden.

Vorsichtig stürmte er das
Wohnzimmer.

„Hallo David, schön dich zu sehen."

„Charleen, was machst du hier!"

„Ach David, Devlin hat mich heute
Vormittag angerufen. Er erklärte
mir, wie sehr du unter der
Trennung leidest.

Da es mir genauso geht, habe ich mich sofort hierher auf den Weg gemacht. Um mit dir über alles zu reden."

„Wie bist du hier reingekommen?"

"Ich habe mir von Devlin die Ersatzschlüssel geben lassen, die du für den Notfall bei ihm hinterlegt hast." „Seit wann bist du hier?"

„Es muss so dreizehn Uhr gewesen sein." „Ist dir irgendetwas merkwürdig vorgekommen, als du meine Wohnung betreten hast?"

„Nein, aber wieso fragst du mich das?"

„Weil man mich vor etwa einer Stunde vor meiner Haustür niedergeschlagen hat.

Ich war so um etwa vierzehn Uhr hier.

Das heißt, du müsstest zu der Zeit schon in meiner Wohnung gewesen sein. Ist dir wirklich nichts Ungewöhnliches aufgefallen?"

„Oh nein, wie geht es dir? Ist mit dir soweit alles in Ordnung?"

„Bei mir ist soweit alles gut. Ich bin noch mal mit dem Schrecken und einer Riesenbeule an meinem Hinterkopf davongekommen."

Charleen atmete erleichtert auf.

„Aber weil du das gerade so erwähnst: Um kurz nach vierzehn Uhr hörte ich erst ein leises Klimpern, dann ein kurzes Poltern.

Ich weiß die Zeit noch so genau, weil ich kurz zuvor auf die Uhr gesehen habe. Da danach kein Lärm mehr zu hören war, dachte ich mir, dass es wohl ein Nachbar gewesen ist."

„Hm, dieser Fall wird echt immer mysteriöser! Warum hat mich der Täter nur niedergeschlagen?

Vielleicht wusste er zu diesem Zeitpunkt nicht, dass du dich in meinem Apartment aufhältst.

Nachdem er dann merkte, dass doch noch jemand in der Wohnung war, ergriff er die Flucht.

Eine andere Theorie ergibt zurzeit für mich keine Logik."

Devlin raste in der Zwischenzeit aufgebracht in Hixx Wohnung.

„Ist bei euch alles in Ordnung?"

„Ja, alles super! Außer mein Schädel, der dröhnt nämlich immer noch."

„Zum Glück ist dir nichts
zugestoßen. Sonst hätte ich mir
auf meine alten Tage einen neuen
Partner suchen müssen. Hast du
den Schurken wenigstens gesehen?"

„Nein, es ging alles so schnell.
Ich fühlte mich auf dem Heimweg
eine ganze Zeit beobachtet.

Als ich mich vor meiner Haustür
erneut umdrehen wollte, schlug
mich plötzlich jemand nieder.
Danach sank ich zu Boden.

Ich gehe davon aus, dass der Killer
uns am Weserufer belauscht hat.
Anschließend verfolgte er mich
dann hierher."

„Gut möglich, aber warum?"

„Das ist mir leider zurzeit auch
noch unklar."

„Na, aber wozu sind wir Ermittler?
Kriegen wir es doch einfach raus?"

Devlin griente. „Na wenigstens hat
der Täter dir beim Überfall deinen
Humor gelassen. Wäre ja wahrlich
ein Trauerspiel, wenn er dir den
geklaut hätte, denn dann hätte ich
nämlich bei dir nix mehr zu lachen."

„Das hast du bei mir sowieso nie."
„Ich muss unbedingt ein neues
Spendenkonto für dich einrichten.

Als Werbung nehmen wir den Slogan, Helft dem Raser Devlin Andrews und spendet Hirn."

„Ha, ha, ha. Wir sollten lieber dein Motto nehmen. ‚Legt euer Geld in Alkohol an. Wo gibt's sonst noch 40 %, Touché."

„So, ihr Vollidioten, jetzt ist aber Schluss."

„Was war das? Es hörte sich wie Schritte an. Da rennt jemand aus der Haustür.

Los, David, wir müssen hinterher!"

„Ich dachte, wir wollten reden?"

„Das hat bis nachher Zeit!"

„Tschüss, wir sehen uns dann später Jungs. Passt gut auf euch auf."

Blitzschnell rannten Hixx und Andrews die Treppen aus dem dritten Stock ins Erdgeschoss hinunter.

„Siehst du ihn?"

„Nein, versuchen wir es da drüben, Devlin."

„O.K."

Hastig sprinteten sie die Straße hinunter.

„So eine verdammte Scheiße!
Wir sind in einer Sackgasse
gelandet. Wären wir bloß in die
andere Richtung gelaufen. Nun ist
uns dieser Mistkerl entwischt."

6. Das Bier

„Komm, ich lade dich auf ein Bier ein, Devlin!"

„Das ist ja wieder typisch für dich. Kaum ist er uns entkommen, denkst du schon wieder an Alkohol. Was ist mit Charleen, ihr wolltet euch doch aussprechen? Das kann ich auch noch nach dem Bier tun."

„Ach, was soll`s, mit dir zu diskutieren hat eh keinen Sinn. Also lass uns ein Bierchen trinken gehen."

„So gefällst du mir am besten, Devlin."

„In welche Kneipe gehen wir?"

„Natürlich ins Kuss Rosa, die Lieblingskneipe aller Einheimischen. Sie ist hier vorn gleich um die Ecke."

Als sie das Kuss Rosa erreichten, zog Hixx die Tür auf. Beide gingen über die Schwelle. Sie setzten sich auf einen schwarzen Kunstlederbarhocker direkt an den Tresen.

„Bedienung bitte!", rief Hixx.

Eine junge, zierliche, rothaarige Frau mit schulterlangem Haar kam von hinten auf Hixx zu.

„Hallo, Süßer, was darfs sein?"

„Bring uns bitte zwei Bier vom Fass
mit zwei Klaren, mein Täubchen."

„Oh, sieht ja nett aus hier! Was für
ein schöner Eichentresen. Er sieht
aus wie neu."

„Das ist er aber nicht.
Diese Kneipe gab es schon als ich
Kind war.

Damals stand dieser Tresen schon
hier. Ich war fünf Jahre alt, als ich
das Kuss Rosa zum ersten Mal
betrat. Mein Vater ging hier jeden
Samstag zum Kartenspielen her.
Er nahm mich oft mit.

Meistens trank er hier drei bis vier Bier, ich bekam immer ein Glas hausgemachte Zitronenbrause.

Ich kann mich noch allzu gut an diesen köstlichen Geschmack aus Zitrone und Minze erinnern.

So eine gute Limonade habe ich seitdem nie mehr getrunken.

Du, aber nun mal ehrlich, meinst du, dass es der Sandmann war oder doch nur ein normaler Einbrecher, der mir zufällig über den Weg lief?"

„David, ich habe keine Ahnung. Es wäre möglich, dass er es gewesen ist, aber das sollte deine kleinere Sorge sein?"

„Wieso?"

„Mensch, er weiß jetzt, wo du wohnst."

„Oh mein Gott, du hast Recht, da bin ich in der ganzen Aufregung noch gar nicht drüber gestolpert.

Eins stimmt mich nachdenklich!"

„Was?"

„Weshalb hast du ihn übersehen, als du die Wohnung auf ihre Sicherheit geprüft hast?"

„Ich habe nur wie du den Weg von Flur ins Wohnzimmer kontrolliert.

Da mich Charleen mit ihrer Anwesenheit so in ihren Bann gezogen hat, habe ich vergessen die restliche Wohnung zu überprüfen."

„Na, denn brauchen wir uns auch keinesfalls über seine Anwesenheit wundern.

Ah, unser Gedeck kommt."

„Hier, Jungs!"

„Dankeschön."

„Immer gerne wieder, mein Süßer!"

Hixx hielt seinen Kurzen in der rechten Hand.

„Auf, dass wir den Sandmann bald erwischen."

„So sei es, Prost."

„Prost!"

„Weißt du eigentlich, dass ich mir schon immer so einen Partner, wie du es bist, gewünscht habe. Du bist zwar sehr jung, aber dennoch voll in Ordnung."

„Danke, ich find dich ebenfalls ganz O.K.

Bis jetzt hat man mir nur irgendwelche Idioten als Partner zu Seite gestellt.

Sie waren nur auf Karriere aus. Ihnen ging es um nix anderes.

Sie haben ihr Ding ganz allein durchgezogen, eben null Teamarbeit.

Diese Erfahrung war deprimierend."

„Danke!"

„Für was?"

„Dass du mit Charleen geredet hast."

„Du brauchst dich keineswegs Bedanken. Du hättest bestimmt das Gleiche für mich getan!"

„Hätte ich?

Hm, ja, kann schon sein!

Wer schon selber Liebeskummer hatte, weiß, wie sich das anfühlt."

„Ich kann dich deswegen allzu gut verstehen. Mit euch wird es sich bestimmt bald wieder."

„Ja, sieht so aus, als würde sie mir eine zweite Chance geben."

„Das ist schön, David, aber nun mal etwas anderes! Wenn du ein Mörder wärst, wo würdest du hingehen, um dir ein neues Opfer auszusuchen?"

„Keine Ahnung, vielleicht an einen ruhigen Ort, wo am späten Abend wenig Leute sind.

Man aber trotzdem ein passendes Opfer finden kann. Wie Parks, Friedhöfe, Hafen oder einen Wald."

„Richtig, Devlin, bloß wie wollen wir diese ganzen ruhigen Plätze hier in ganz Bremen zeitgleich überwachen lassen?"

„Tja, das ist das Problem dabei, es ist so gut wie unmöglich!"

„Oh, da kommt ja mein alter Schulfreund!

Darf ich vorstellen, Devlin, das ist Dr. Steven Lehmann."

„Angenehm, Devlin Andrews, mein Name.

Steven ist ein Psychiater, das, was wir jetzt beide dringend brauchen?"

„Wie kann ich euch denn weiterhelfen?"

„Was wissen wir bis jetzt über ihn, Devlin?"

„Er selbst nennt sich der Sandmann. Seine bisherigen Opfer waren alle 18 Jahre alt. Er tötete bis jetzt nur blonde Frauen auf eine sehr brutale, grausame Art und Weise. Wir haben es hier zudem mit einem Sammler zu tun. Der sich bei jeder Tötung ein Erinnerungsstück von seiner Tat mitnimmt.

Der Serienkiller reimt sehr gerne kurze Verse. Unser Lustmörder benutzte bei seinen letzten drei Opfern ein Rasiermesser und ein Skalpell. Er schnitt bei einer Frau die Zunge heraus, trennte bei der anderen ihre Augenlider ab.

Er nahm ihr danach die Augäpfel heraus."

„Ja, dass mit dem Sandmann habe ich im Weser Kurier mitverfolgt. Es ist traurig, dass solche Leute noch auf freiem Fuß sind. Wissen Sie, Devlin, heutzutage ist man wirklich nirgendswo mehr sicher.

Was machen Sie eigentlich
beruflich, wenn ich fragen darf?"

„Ich bin der Partner von David.
Wir ermitteln nun schon eine ganze
Weile in diesem Fall."

„Ihrer Beschreibung zufolge suchen
sie meines Erachtens nach einem
Junggesellen. Der in seiner Kindheit
schlechte Erfahrungen mit einer
oder mehreren blonden, dominanten
Frauen gemacht haben muss.

Deshalb tötet er bewusst nur
Blondinen. Diesen Hass gegenüber
dem weiblichen Geschlecht lebt er
nun aus.

Es befriedigt ihn, sein Opfer zunächst zu demütigen, bevor er es letztendlich umbringt.

Er nimmt sich von jeder der Frauen ein Andenken mit, damit er seine Tat keinesfalls vergisst.

Dies gibt ihm zusätzlich eine innere Befriedigung. Man kann davon ausgehen, dass er durch seine Reime die Aufmerksamkeit der Polizei erregen will. Viele Täter hoffen im Unterbewusstsein, dass sie gefasst werden. Sie wissen, dass das, was sie tun, keineswegs richtig ist.

Doch es ist für sie wie ein Suchtzustand, der in diesem Moment nie kontrollierbar ist. Man kann sich das so vorstellen, dass der Täter nach Hilfe schreit, weil er sich selbst aus seiner brisanten Lage nicht befreien kann, da er krank ist."

„Haben Sie einen Patienten, der zu was neigt?"

Darüber darf ich Ihnen leider keine Auskunft geben. Wie ihnen ja bekannt sein, dürfte, Devlin, sind wir an unsere Schweigepflicht gebunden."

„Gibt es da keinerlei Ausnahmen, Steven?"

„Nein, der Patient müsste eine Schweigepflichtentbindung unterzeichnen oder ein Gericht müsste dies anordnen. Dazu bräuchte derjenige schon handfeste Beweise. So kann man da rein Garnichts ausrichten."

„Tja, was soll`s, wir gehen eben zurzeit blind durchs Leben.

Unsere Augen werden uns bestimmt bald geöffnet werden, dann werden wir das Ganze etwas klarer betrachten können."

„Dein Wort in Gottes Ohr."

„Wollen wir hoffen, dass du mit deinen bisherigen Vermutungen richtig liegst."

„Ja, Devlin, das hoffe ich auch."

„Trotzdem, Danke für deine Hilfe, Steven."

„Immer gerne wieder, David."

„Sagen Sie mal, sind Sie verheiratet, Steven?"

„Nein, ich liebe mein Singledarsein viel zu sehr, um mich fest zu binden."

„Das kann ich gut verstehen.
Ich bin selbst zurzeit Single."

„Habt ihr denn schon was
Präziseres?"

„Nein, Steven, wir bewegen uns
bei den Ermittlungen in Kreis.
Er verwischt seine Spuren einfach
zu gut."

„Glaubt mir, er ist nur ein Mensch.
Er macht genauso Fehler wie du
und ich."

„Ja, das ist einleuchtend."

„So, ich muss jetzt los. Ich habe
noch etwas sehr Wichtiges zu
erledigen!

Wir sehen uns bestimmt bald wieder. Bei euren Ermittlungen wünsche ich euch beiden viel Glück!"

„Danke, ich glaube, das werden wir brauchen."

„Ihr könnt mir glauben, dass der Killer schon bald wieder den Drang verspüren wird zu töten. Wollen wir hoffen, dass ihr ihn noch davor erwischt."

„Ja, das wäre echt super."

„Mach's gut!"

„Du auch!"

Herr Dr. Lehmann verließ
daraufhin eilig das Kuss Rosa.

„Woher kennst du ihn?"

„Wir gingen früher einmal in
dieselbe Klasse. Schnell freundeten
wir uns an. Anschließend waren wir
bis zu seinem 16. Lebensjahr
unzertrennlich.

Doch dann haben wir uns aus
den Augen verloren, da er in der
Zwischenzeit Medizin studiert hat.
Erst vor kurzen stand er wie aus
heiterem Himmel hier im Kuss Rosa
plötzlich nach so vielen Jahren vor
mir."

„Das ist ja ein komischer Zufall."

„Ach, so ein Quatsch, die Welt ist
eben klein."

„Wenn du meinst! Mir kommt der
Vogel keinesfalls schier vor.
Er ist verdammt neugierig."

„Das bildest du dir nur ein!
Er hilft uns schließlich bei unserer
Arbeit."

Kommissar Hixx nahm einen
kräftigen Schluck aus seinem
Bierglas. Dabei schaute er auf
seine Armbanduhr.

„Mensch, Devlin, es ist schon 21 Uhr, wir sollten auch gehen."

„Von mir aus gern."

„Wie die Zeit doch heute wieder gerannt ist."

„Ja, wir haben uns echt festgeschnackt."

Hixx bezahlte die Getränke. Danach gingen sie aus dem Kuss Rosa.

„Danke fürs Bier!"

„Nix zu danken, Partner.

Die nächste Runde schmeißt du."

„Kein Problem! Soll ich dich nach Haus begleiten?"

„Nee, ich glaube kaum, dass er mir noch mal auflauern wird."

„Weißt du, wie der tickt?"

„Nein!"

„Also, ich bring dich lieber!"

„Überredet!"

Langsam schlenderten sie die Waterloo Straße hinunter.
Draußen war es mittlerweile dunkel geworden. Der eiskalte Wind wirbelte durch die kleinen Gassen von Bremen. Aus der Stille heraus vernahmen sie urplötzlich einen kreischenden Frauenschrei:
„Ahhhhhhhh Hilfeeeeeeee!"

Ohne lange zu überlegen, folgten sie im Dauerlauf den Hilfeschreien. In einer kleinen Gasse wurden sie nach einer Weile fündig.

Eine blonde, zierliche Frau mit langem dauergewelltem Haar lag mit zerrissener Kleidung weinend am Boden. Kommissar Hixx kniete sich zur Frau hinunter.

„Ist bei Ihnen alles in Ordnung?"

Nein, dieses Schwein hat mich zu Boden gerissen. Er riss mein Oberteil kaputt, dann fing er an, mich mit seinen dreckigen Händen zu befummeln.

Er hielt mir dabei den Mund zu. Ich wehrte mich, dabei gelang es mir, meinen Mund frei zu bekommen. Ich schrie mehrmals hintereinander um Hilfe. Danach ließ er von mir ab. Dann lief er wie von der Tarantel gestochen die Straße da hinunter."

„David, wollen wir hinterher?"

„Das macht wenig Sinn, er ist bestimmt schon über alle Berge."

„Meine Liebe, Sie haben wahrlich einen Schutzengel gehabt. Wissen Sie, wir jagen einen Serienkiller.

Der auch schon ein Opfer
missbraucht hat."

„Sie meinen, der Mann, der mich
vergewaltigen wollte, könnte der
Sandmann gewesen sein?"

„Ja, das wäre durchaus möglich.

Woher kennen Sie seinen Namen?"

„Ich lese fast jeden Tag den Weser
Kurier."

„Können Sie mir den Mann
beschreiben?"

„Ja, er war etwa so groß wie Sie.

Also 1,75 groß.

Nur etwas muskulöser. Er war mit einer schwarzen Jeans und einem schwarzen Mantel gekleidet. Dazu trug er schwarze, glänzende Männerschnürrschuh.

Sein Gesicht war durch eine schwarze Strumpfmaske kaum zu erkennen. Doch dadurch, dass ich mich wehrte, sah ich bei ihm hellblondes Haar im Nacken.
Seine Augen waren definitiv blau."

„Mensch David, das ist ja mal was. Endlich hat unser Phantom der Sandmann mal ein Gesicht."

„Freu dich keineswegs zu früh, Devlin! Wir wissen noch nix Präzises. Vielleicht war er es ja auch gar nicht.

Hat er mit Ihnen gesprochen?"

„Ja, er sagte: Stell dich nicht so an, du Miststück, du willst es doch auch!"

„Sprach er im Akzent?"

„Nein, er sagte dies mit einer sehr tiefen, rauen Stimme!"

„Würden Sie seine Stimme wiedererkennen?"

„Ich glaube schon!"

„Kommen Sie, wir werden Sie jetzt nach Hause bringen, es ist schon spät. Sie müssen mir aber versprechen, dass Sie gleich morgen früh um neun auf die Vahr Wache hier in Bremen kommen. Damit meine Kollegen das Ganze zu Protokoll nehmen können. Eine Strafanzeige wollen Sie doch bestimmt auch stellen."

„Ja, sicherlich, ich werde morgen pünktlich da sein."

„Wo wohnen Sie eigentlich?"

„Nur zwei Straßen von hier entfernt in der Waterloo-Straße 31.

Es ist meine allererste Wohnung."

„Na, das ist ja ein Ding, da sind wir ja sowas wie Nachbarn. Ich wohne nämlich in der 34. Lassen Sie mich raten, bestimmt sind sie 18 Jahre alt."

„Ja, woher wissen Sie das?"

„Ganz einfach, die Opfer des Sandmanns waren alle 18 Jahre alt. Devlin, ich glaube, du lagst mit deiner Vermutung richtig.

Wir sind auf jeden Fall auf der richtigen Spur. Es weist zumindest alles darauf hin, David.

Sie passen vorzüglich in sein Beuteschema, wie alle seine Opfer sind Sie blond und 18 Jahre alt."

„Oh mein Gott, meinen Sie, dass ich wirklich den Sandmann begegnet bin?"

„Ja, das meine ich. David, du hast da aber noch eine klitze Kleinigkeit übersehen!"

„Was denn?"

„Der Sandmann hat sie auserwählt. Er wird es bestimmt noch mal probieren."

„Deine Theorie ist einleuchtend."

„Soll das etwa heißen, ich bin in Lebensgefahr?"

„Beruhigen Sie sich erst mal."

„Beruhigen?" „Sie sind mir ein Spaßvogel! Ein Serienkiller will mich umbringen, wie soll ich denn da die Ruhe bewahren?"

„Es wäre möglich, das heißt aber keineswegs, dass es so ist. Wir werden diesbezüglich Vorsichtsmaßnahmen treffen!

Das heißt, ich werde vor Ihrer Haustür bis morgen zwei Wachmänner positionieren. Die in der Nacht ein Auge auf Sie halten werden."

„An wen hast du da gedacht, David?

Du weißt, hierfür braucht man einen extra Wisch! Den wir mit der Vermutung allein nie begründen können. Dafür bräuchten wir schon einige handfeste Beweise!"

„Für meine zwei Dienstmänner brauchen wir keinen Antrag stellen."

„Umso besser, aber wen meinst du nur?"

„Na, uns natürlich!"

„O.K., also heute keine Aussprache mit Charleen?"

„Devlin, du weißt doch, Dienst ist Dienst und Schnaps ist Schnaps.

Die Frau ist in Gefahr. Sie könnte zudem eine wichtige Zeugin sein. Mit der es uns möglich ist, von diesem Schwein ein Phantombild anfertigen zu lassen. Wir könnten ihn unter Umständen das Handwerk legen! So eine Chance bekommen wir bestimmt kein zweites Mal!"

„Du hast wie immer Recht.

Ich werde Charleen schnell anrufen, damit sie sich keine Sorgen macht."

„Gut, mach das!"

Hixx nahm sein Handy aus seiner Hosentasche.

Eilig wählte er die Handynummer
von Charleen im Display ein.
Er klingelte mehrmals durch, doch
sie nahm nicht ab.

„Ich kann sie einfach nicht
erreichen! Seltsam!"

„Ach, vielleicht hat sie sich schon
hingelegt. Denk dran es ist schon
spät."

Hixx sah unruhig auf seine
Armbanduhr. Es war mittlerweile
0:15 Uhr. Wahrscheinlich hatte
Devlin mit seiner Vermutung recht.

Trotzdem beunruhigte ihn die Tatsache, dass der Serienkiller nun wusste, wo er wohnte. Doch er versuchte seine Gedanken zu verdrängen.

„Bestimmt schläft sie in aller Seelenruhe", dachte er. Als sie am Haus Nummer 34 in der Waterloo - Straße ankamen, konnte er keinen klaren Gedanken mehr fassen.

Eine innerliche Unruhe und Sorge um seine Geliebte trieb ihn dazu an, nach dem Rechten zu sehen.

„Devlin, ich sehe mal kurz nach Charleen, bleib du bitte solange bei der Zeugin."

„Ist gut, bis gleich."

Aufgekratzt hastete er durch das Treppenhaus hinauf in den dritten Stock. Hastig holte er den Wohnungsschlüssel aus seinem Wollmantel. Seine rechte Hand zitterte, als er den Schlüssel in das Schloss steckte.

Panisch drehte er ihn um, bis er ein Knacken vernahm.
Die Wohnungstür sprang daraufhin schon von allein auf. Leise schlich er sich durch den Flur ins Wohnzimmer.

Auf seinem schwarzen Ledersofa sah er sie. Erleichtert atmete er auf. Wie sie so unberührt und wunderschön dalag. Ihr blondes gelocktes Haar schimmerte.
Sie schlief so friedlich wie ein Engel.

Gerne wäre er noch länger so stehen geblieben, um sie weiter beim Schlafen zu beobachten, doch der Dienst rief. Voller Elan ging er zu ihr.

„Tschüss, mein Schatz", flüsterte er leise. Er küsste sie auf ihre rechte Wange.

Dabei stach ihm sofort die offene Terrassentür rechts gegenüber dem Sofa ins Auge. Entsetzt darüber, dass Charleen nach dem heutigen Übergriff so leichtsinnig war, eilte er zur Terrassentür hinüber. Rasch verschloss er diese.

Doch er konnte jetzt keinesfalls einfach so gehen. Was, wenn jemand in der Wohnung war? Dieser Gedanke wurmte ihn.

Er zog seine Waffe. Vorsichtig schlich er vom Wohnzimmer in die Küche. Von der Küche ins Schlafzimmer und in den Flur.

Beruhigt, dass sich niemand
in seiner Wohnung befand,
öffnete er zu guter Letzt die
Badezimmertür. Völlig perplex
blickten seine Augen angsterfüllt auf
den Badezimmerspiegel.

Er war tatsächlich noch einmal
zurückgekehrt! Diesmal hatte er
ihm sogar mit einem blutroten
Lippenstift eine Nachricht auf den
Spiegel hinterlassen.

Fassungslos las er: „Dein Täubchen
wird die Nächste sein, die ich werd
von ihren Qualen befreien.

Sie wird dir dann nie mehr
Herzschmerz bereiten. Du kannst
dann wieder voller Freude durchs
Leben schreiten."

Sauer rief er in Zimmerlautstärke:
„Wenn ich dieses kranke Schwein
zufassen kriege, bringe ich ihn um."

Wenige Sekunden später fiel die
Haustür ins Schloss.

„Oh nein, Charleen."

Aufgebracht stürmte er ins
Wohnzimmer. Charleen lag
völlig unberührt da.

Ein friedliches Lächeln lag auf ihren Lippen Erleichtert murmelte er:. „Gott sei Dank, er hat ihr nichts angetan."

Hixx war in seiner Ehre gekränkt. Wo nur hatte sich der Sandmann in seiner Wohnung versteckt?

Er konnte ihn doch niemals übersehen haben. Schließlich hatte er jedes Zimmer gründlich abgesucht. Es kam ihm alles ziemlich suspekt vor.

Was sollte er bloß tun? Sie war immerhin auf der Todesliste des Sandmanns.

Wie nur sollte er seine große Liebe vor diesem kranken Serienkiller schützen?

Er konnte sie wohl kaum 24 Stunden am Tag bewachen. Schließlich hatte er einen Job zu erledigen. Den er mit sehr viel Leidenschaft ausübte.

Er fragte sich: Weshalb gerade seine Charleen? Mit ihren 33 Jahren passte sie noch nicht einmal in sein übliches Beuteschema.

Es konnte sich nur um irgendetwas Persönliches handeln. Ob er den Sandmann vielleicht besser kannte, als er dachte?

Aus seinem Bekannten- und Freundeskreis kam jedenfalls niemand in Frage. Wer könnte ihn nur so sehr hassen?

Hixx hatte keinen geringsten Schimmer, wer sich hinter dem Namen Sandmann versteckte. Schließlich war er ja nie mit jemanden aneinandergeraten.

Es half alles nichts. Er musste zurück zu Devlin. Unwohl warf er einen letzten Blick auf Charleen. Es fiel ihm schwer, sie nach dieser Drohung alleine zurückzulassen.

Was wäre, wenn er die Tür zugezogen hatte, würde er sie jemals wiedersehen? Er musste als Kommissar professionell handeln.

Schließlich waren auch andere Frauen in Lebensgefahr. Aufgewühlt versuchte er sich weiszumachen, dass Charleen in seinem Apartment in Sicherheit war.

Nachdem er sich das lang genug eingeredet hatte, ging er widerwillig aus seiner Wohnung. Devlin wartete in der Zwischenzeit schon ungeduldig vor dem Haus.

„Na, da bist du ja endlich!"

„Ach, Devlin ich sitze in der
Zwickmühle."

„Wieso?"

„Der Sandmann ist noch
einmal zurückgekehrt.

Auf dem Badezimmerspiegel
hat mir dieser Geisteskranke
eine Nachricht hinterlassen.
Er will Charleen umbringen!"

„Das ist doch nicht dein Ernst,
David."

„Doch, sie hatte die Terrassentür
offengelassen. Er kann nur so in die
Wohnung hineingekommen sein."

„Was willst du jetzt tun?"

„Ich habe keine Ahnung!

Wo ist meine Nachbarin?"

„Ich habe sie nach Hause begleitet.
Natürlich wartete ich, bis sie in der
Wohnung war. Sie verschloss hinter
sich gleich ihre Tür. Ich sagte ihr,
dass wir auf sie aufpassen werden.

Deshalb habe ich ihr deine
Visitenkarte dagelassen. Wenn ihr
irgendetwas merkwürdig vorkommt,
sollte sie dich sofort anrufen."

„Das ist gut.

Ich bete dafür, dass wir dieses Schwein zu fassen kriegen, bevor er erneut zuschlägt."

„Keine Angst, den kriegen wir. Die Falle muss nur zuschnappen."

„Dein Optimismus ist beeindruckend, Devlin. Ich sehe da immer noch ein großes Problem!"

„Welches?"

„Was ist, wenn er weiß, dass wir ihm eine Falle stellen wollen? Bestimmt hat er mitbekommen, dass wir die Frau nach Hause begleitet haben.

Unterschätze den Sandmann nie.

Er ist verdammt gerissen. Alle seine Schritte hat er wohl durchdacht.

Der weiß, was er tut. Jedenfalls spielt er zurzeit Katz und Maus mit uns. Wir müssen vor ihm auf der Hut sein, Devlin.

Sonst sind wir im Nachhinein noch die Bauernopfer seines Spiels."

„Wenn wir nicht aufpassen, ist das gut möglich.

David, was wollen wir jetzt genau tun?"

„Nichts!"

„Wie, nichts? Das kannst du doch niemals ernst meinen!

Er will Charleen töten. Es ist unsere verdammte Pflicht, etwas zu unternehmen."

„Der Typ ist wie ein Schatten, wie wollen wir ihn von ihr fernhalten?

Man müsste ihn in Sicherheit wiegen."

„Nein, das nimmt er uns niemals ab!"

„Hast du eine bessere Idee?"

„Warte kurz, mein Handy hat vibriert.

Ich habe eine SMS bekommen.
Bestimmt ist Charleen
wachgeworden. Sie muss sich
gewundert haben wo ich bin!"

Der Kommissar holte sein Handy
aus seiner linken Jeanshosentasche
heraus. Erwartungsvoll öffnete er
die SMS.

„Und was schreibt sie? David?"

Hixx stand starr da. Er schaute
fassungslos auf sein Display.

„David, was ist los mit Dir?"

„Da ließ: ‚Zwei Bullen gingen
die Straße entlang. Einer von ihnen
war ein wahrer Kleiderschrank.

Sie grübelten herum, wie sie mich fangen, man sind die dumm.

In dieser Zeit ich bei Kommissar Hixx Liebsten war, ihr Herzschlag hörte ich ganz nah. Doch wie lang wird es noch in ihrer Brust schlagen? Mein Messer juckt, gern würde ich ein paar Schnitte wagen.

Eins, zwei, drei, gleich ist alles vorbei."

„Oh mein Gott! Meinst du er blufft?"

Hixx zuckte mit seinen Schultern.

„Komm, lass uns nachsehen!"

Rasch gingen sie zurück zu Hixx'
Apartment. Nervös schloss Hixx
seine Haustür auf. Beide stürmten
fast zeitgleich die Wohnung.
Sie rannten durch jedes Zimmer.

„Negativ, hier ist niemand!"

„In der Küche war sie leider auch
nicht! Sie ist tatsächlich weg!"

Hixx sank völlig geschockt auf die
Knie. Er hat sie. Dieses kranke
Arschloch! Wenn, ich ihn in meine
Finger kriege dann···"

„Beruhige dich, David!"

„Du hast leicht reden. Meine Liebste ist in den Fängen dieses irren Psychopathen. Und du redest von beruhigen!" „Entschuldige, ich habe vergessen, dass es sich ja nicht um deine Frau handelt. Oh, da fällt mir ein, du hast ja gar keine. Also wie willst du wissen, wie ich mich gerade fühle."

„Ich kann mir sehr gut vorstellen, was du durchmachst, David!"

Hixx schwieg einen Moment. Er wirkte nachdenklich! Danach zischte er aufgebracht mit Tränen in den Augen: „Bestimmt ist sie schon längst Tod.

Wäre ich doch bloß bei ihr geblieben. Nur ich allein bin schuld an ihren Tod. Ich hätte sie niemals allein zurücklassen dürfen."

"So ein Blödsinn! Nimm dich jetzt mal zusammen! Woher willst du wissen, dass sie tot ist? Erst, wenn wir ihre Leiche finden, können wir dies mit Sicherheit sagen.

Er verarscht dich sicherlich nur. Ich sehe schon, wie er uns gerade zusieht. Und sich an deiner Trauer ergötzt. Sicher lacht er sich über dich gerade halb tot."

Devlin ging zu David.

Er gab ihm seine rechte Hand.

„So, jetzt komm, wir fahren zum Revier. Vielleicht lässt sich nachvollziehen, von wo die SMS verschickt wurde."

Kommissar Hixx rappelte sich auf. Durch Devlins beruhigende Worte hatte er ein wenig Hoffnung geschöpft.

Vielleicht lebte sie ja tatsächlich noch. Wenn Devlin recht hatte, brauchte Charleen ihn jetzt mehr als je zuvor. Dieser Gedanke motivierte ihn letztendlich aufzustehen.

Gemeinsam verließen sie daraufhin die Wohnung. Auf den Weg zum Revier Draußen hatte es wieder angefangen zu schneien.

Die mittelgroßen Flocken berührten den leeren, grauen, nassen Asphalt. Der Schnee der letzten Tage war bereits komplett weggetaut.

Kommissar Hixx und Andrews stürmten aus der Waterloo-Straße 34 heraus.

In schnellen Schritten gingen sie zu Andrews' Auto. Er hatte es auf der anderen Straßenseite geparkt, da er keinen Parkplatz bekommen hatte.

Mit diesem Problem musste man in der Waterloo - Straße in den Mittagsstunden rechnen, da es in dieser Straße viele Imbisse gab, die in der Mittagszeit meistens überlaufen waren. Als sie am Auto ankamen, öffnete Devlin es.

„Kommst du, David, oder brauchst du eine Extraeinladung?"

„Nee, ich komm ja schon."

Nachdem Hixx eingestiegen war, startete Devlin den Motor. Sie fuhren von dort aus direkt auf die Autobahn.

„So ein Mist, vor uns ist Stau!
Ich hätte wohl doch lieber die
Landstraße nehmen sollen. Es kann
Stunden dauern, bis sich der Stau
aufgelöst hat. Das ist schlimmer als
beim Supermarkt an der Kasse. Am
besten ich fahr die nächste Abfahrt
hinunter.“

„Ja, das ist eine gute Idee, sonst
sind wir Ostern immer noch hier!

Mein Handy hat vibriert.

Ich habe eine neue Nachricht.
Es ist wieder Charleens Nummer.“

„Nun öffne sie schon.“

„Ich bin ja schon dabei.

Hör zu, ich lese sie dir vor!"
„Ein Auto steht im Stau.
Es ist metallic blau.
Zwei Ermittler sitzen drin,
doch gleich sind sie hin."

„Was soll das heißen?
Gleich sind sie hin?"

„Er will uns umbringen!
Mitten auf der Autobahn,
wo es tausende Zeugen gibt!
Das ich nicht lache.
Das ist ein Witz, oder?"

„Na wenn, ein schlechter!"

„Warte, es vibriert schon wieder!

Da kommt noch eine SMS.

Er schreibt: ‚Tick, tack, tick, die Zeit läuft ab. Zwei Ermittler sind nicht auf Zack.

Ihr werdet schon sehen, gleich ist es um euch geschehen. Es macht laut Bum und euer Wagen fliegt in tausend Einzelteilen herum.'"

„Oh nein David, der redet von einer Bombe. Er muss sie hier irgendwo versteckt haben. Wir müssen sie unbedingt finden. Sonst fliegen wir beide in die Luft.

Ich schaue mal unter den Wagen nach."

„O.K." „Ich schaue mir die Motorhaube mal genauer an.

Eine Frage habe ich da noch, Devlin."

„Welche?"

„Was wollen wir tun, wenn wir sie finden?"

„Entschärfen natürlich!"

„Für sowas ist das Bomben-Kommando zuständig!"

„Du bist ein Scherzkeks. Ich fahre mit meinem privaten Wagen, der hat keinen Funk.

Außerdem, selbst wenn wir
sie rufen könnten, wäre die
Bombe bestimmt schon längst
hochgegangen.

Wir müssen sofort agieren."

„Devlin, ich kann aber keine Bombe
entschärfen!"

„Ich schon!"

„Wo hast du das gelernt?"

„Ich habe fast zwei Jahre beim
Bombenkommando gearbeitet.
Bei uns war sowas alltägliche
Routine.

Normalerweise evakuieren wir als allererstes den Ort des Geschehens. Doch in diesem Fall hat das wenig Sinn. Da uns erstens keine Zeit bleibt. Da die Bombe jede Sekunde explodieren kann. Und zweitens würden wir bei einer Evakuierung nur eins verursachen: eine Massenpanik."

„Devlin, komm her, ich habe sie, glaube ich, gefunden. Er hat sie an der Seite des Motors platziert. Man hört das leise Ticken!

„Da bin ich beruhigt!"

„Wieso?"

„Wenn sie plötzlich aufhört zu ticken, könnte es gefährlich werden. Dann geht sie entweder hoch oder sie wurde entschärft.

Da siehst du, David, die drei Drähte sind ausschlaggebend. Der graue und der schwarze sind meistens eher uninteressant. Zu 80 % ist es immer der rote. Also gib mir mal dein Taschenmesser, David."

Kommissar Hixx wühlte einen Augenblick in seiner schwarzen, rechten Wollmanteltasche herum.

„Hier, Devlin. Ich hoffe, du weißt, was du da tust!"

„Ja, ich glaube schon!"

„Oje, meine armen Nerven!"

„Wie viel Zeit bleibt uns?"

„40 Sekunden!"

„Devlin, bevor du den Draht durchschneidest, möchte ich dir noch sagen, dass ich mir einen besseren Freund und Partner als dich niemals vorstellen kann."
„Danke dafür!

Aber heiraten muss ich dich deswegen jetzt nicht, David! Oder?

So, geh in Deckung, David, ich leg los."

„Wenn es unbedingt sein muss.
Schön dich kennengelernt zu
haben."

„Ganz meinerseits, zumindest, wenn
du keine Alkoholfahne hast."

Devlin nahm daraufhin das Messer.
Er schnitt, ohne lange zu überlegen,
das rote Kabel durch. Erleichtert
atmete er auf!

„Es war der richtige Draht, David."

„Gott sei Dank, Devlin! Ich habe
schon gedacht, mein letztes
Stündlein hätte geschlagen.

Meine Knie sind immer noch ganz weich. Mensch Devlin, du bist ein Held."

„Du übertreibst schon wieder maßlos! Steig endlich ein, wir müssen aufs Revier.

Der Stau hat sich in der Zwischenzeit zu unserem Glück ein wenig gelegt.

Hoffentlich werden wir jetzt etwas schneller vorankommen. Beide stiegen ins Auto, danach setzten sie ihre Fahrt fort.

„Ich bin völlig perplex. Nie hätte ich damit gerechnet, dass der Sandmann uns nach dem Leben trachtet, Devlin."

„Ja, das ist schon seltsam. Da seine Opfer bis jetzt nur Frauen waren. Ich glaube, er will uns aus dem Weg schaffen, da wir ihm auf die Schliche kommen könnten.

Diesen Gedanken habe ich auch nicht in Erwägung gezogen, Devlin, ich nehme das langsam persönlich! Der Sandmann ist wie eine tickende Zeitbombe, man weiß nie, wenn sie hochgeht.

Ich gehe davon aus, Devlin, dass es keineswegs bei einem Anschlag bleiben wird. Wir müssen verdammt auf der Hut sein. Ich frage mich nur, woher weiß er, wo wir uns gerade aufhalten?"

„Da gibt es nur zwei Alternativen, entweder er beschattet uns oder er überwacht uns mit einem Peilsender oder einer Kamera."

„Beschatten können wir, glaube ich, ausschließen. Wir hätten gemerkt, wenn uns jemand verfolgt hätte."

„Da gebe ich dir recht, David."

„Meinst du, Charleen lebt noch?"

„Keine Ahnung!"

„Weshalb habe ich diesen Fall bloß angenommen?" Ich hätte ihn an jemand anderes abgeben sollen. Dann wäre dieser ganze Mist nie passiert."

„Mensch David, hör auf, dir einzureden, dass du schuld an dieser Situation bist. Du kannst nichts dafür. Krieg dich bitte wieder ein.

Ohne dich schaffe ich es nicht. Ich brauche deinen brillanten Verstand und deine Spürnase. Sonst lösen wir den Fall niemals. Ich verspreche dir, wir schnappen ihn.

Er wird sich für alles, was er getan hat, vor einem Gericht verantworten müssen."

„Wahrscheinlich hast du Recht. Ich werde mich zusammennehmen. Momentan gehen einfach meine Nerven mit mir durch."

„Das ist nach den ganzen Vorfällen der letzten Tage völlig normal, David. Mach dir deswegen bloß keinen Kopf.

Er will uns bestimmt daran hindern, unserer Arbeit nachzugehen. Er hat Angst, dass wir ihn überführen.

Deshalb ist ihm jedes Mittel recht, uns an unseren Ermittlungen zu hindern.

Deine Theorie hört sich jedenfalls logisch an!

Auf der Wache werden wir als Erstes das Auto auf Peilsender und Kameras untersuchen lassen.

Ich verwette meinen Wagen dafür, dass dieses Schwein uns die ganze Zeit überwacht hat. Sonst wüsste er hundertprozentig keine genauen Details, denn schließlich ist er kein Gott."

„Vielleicht hält er sich ja für einen."

„Schon möglich! Ah, wir sind endlich da."

Das Revier vor dem Polizeirevier an der Vahr 76 standen auf dem Parkplatz drei Polizeiwagen.

„Hm, komisch: Normalerweise bekommst du keinen Parkplatz hier. Die müssen einen Großeinsatz haben. Das gefällt mir überhaupt nicht."

„Mir auch nicht! Ob der Sandmann ein weiteres Mal zugeschlagen hat?"
„Es wäre jedenfalls möglich!"

Beunruhigt gingen sie ins Revier.

Der Datenspezialist Georg
Heberling, ein junger 32- Jähriger,
sportlicher, blonder Draufgänger
kam ihnen entgegen.

„Ah, Hixx, schön, dass du dich auch
mal hier blicken lässt. Der Chef
versucht dich schon seit einer
Stunde zu erreichen. Er ist
stinksauer. Wenn ich dich sehe, soll
ich dir ausrichten, dass du deinen
Arsch umgehend zu ihm ins Büro
bewegen sollst."

„Danke für die Info, Georg. Gibt es
schon Neuigkeiten bei den letzten
zwei Morden?"

„Ja, die Berichte der Spurensicherung liegen vor. Bei beiden
konnten keinerlei Spuren
sichergestellt werden."

„Mist, das habe ich befürchtet.
Wir kommen in diesem Fall
keinen Schritt weiter!"

„Ach ja, heute Morgen war
eine blonde Frau hier. Sie hat
ausgesagt, dass der Sandmann sie
vergewaltigen wollte. Er wurde aber
von zwei Polizisten vertrieben.

Wir haben ein Phantombild
erstellen können."

„Das ist super, da hat meine
Nachbarin ja ihr Wort gehalten."

„Was sagst du da?"

„Ach, nichts, ich habe nur
geräuspert." „„Weißt du, weshalb ein
Großeinsatz gestartet wurde?"

„Na, weshalb wohl, Hixx? Es gibt
ein weiteres Opfer des Sandmanns.
Die Leiche wurde vor knapp einer
Stunde an der Maritimen Meile in
Bremen Vegesack gefunden. Er soll
bei diesem Opfer noch viel extremer
vorgegangen sein."

„Oh nein, Charleen!
Ich muss da sofort hin."

Hixx rannte aus der Tür hinaus.

„Bleib hier, David!"

„Was hat er denn?"

„Das erkläre ich dir alles später,
Georg. Sei so nett und prüfe
meinen blauen Porsche auf
sämtliche Überwachungssysteme.
Hier hast du meine Autoschlüssel.
Können wir uns solange deinen
Einsatzwagen ausleihen?"

„Na sicher, kein Problem.

Hier nimm die Autoschlüssel, aber
fahr vorsichtig. Hixx hat mir erzählt,
dass du wie ein Henker fährst."

„So ein Seemannsgarn, typisch David. Ich muss jetzt los.
Bis nachher."

„Und was soll ich bitteschön dem Chef sagen, wo ihr steckt?"

„Lass dir irgendetwas einfallen.

Daraufhin sprintete Andrews ebenfalls aus der Tür hinaus.
„Hoffentlich gelingt es mir, ihn einzuholen.

In seinem Zustand wäre er eine leichte Beute für den Sandmann.

„Verfluchter Mist, er ist nirgendswo zu sehen. Ahhh⋯

David, um Gottes Willen, musst du dich so von hinten anschleichen? Ich habe mich zu Tode erschreckt. Trotzdem bin ich froh, dass du keinen Alleingang gestartet hast."

„Können wir bitte endlich losfahren. Ich halte diese Ungewissheit keine Minute länger aus."

„Klar können wir fahren. Wir nehmen Georgs Einsatzwagen. Er hat mir die Schlüssel mitgegeben, der Wagen steht da drüben auf dem Parkplatz."

„Dachtest du echt, ich wäre allein losgefahren?"

„Ja, bei deinen ständigen Kurzschlussreaktionen kann man schnell solche Schlüsse ziehen."

„Nein, das hätte ich niemals getan. Ich wollte nur raus, ein wenig frische Luft schnappen, um einen klaren Kopf zu bekommen. In der Zeit habe ich mir dein Auto mal etwas genauer angesehen.

Leider konnte ich nichts Außergewöhnliches feststellen."

„Mach dir keine Sorgen, um das Auto kümmert sich Georg nachher.

Er ist ein Fachmann für sowas.

Seinem geschulten Auge entgeht
rein Garnichts. Steig ein."

„Ich bin drin, wir können
losfahren."

Devlin steckte den Schlüssel ein.
Er drehte ihn mit einem Schwung
um. Das Motorengeräusch ertönte.
Schnell trat er aufs Gaspedal.
In einen Affenzahn fuhren sie
vom Parkplatz.

„Meine Nerven liegen echt blank.
Ich bete darum, dass es sich bei
dem Opfer nicht um Charleen
handelt. Das würde ich niemals
verkraften.

Schalte einen Gang runter!"

„Es handelt sich bestimmt wieder um eine junge, 18 - jährige Frau."

„Dein Wort in Gottes Ohr."

8. Die Tote

Die Straßen von Bremen waren komplett leer, so, dass sie schnell vorankamen. Nach einer gefühlten halben Stunde erreichten sie ihr Ziel. Als Devlin das Auto geparkt hatte, starrte David ängstlich zum abgesperrten Tatort hinüber.

Seine Hände zitterten, dabei murmelte er leise vor sich hin: „Lieber Gott, lass es bitte nicht meine Charleen sein."

Devlin beobachtet ihn einfühlend. Es tat ihm in der Seele weh, David so zu sehen.

Doch in dieser Situation konnte er nur versuchen, ihm Halt zu geben, um ihn im Ausnahmefall aufzufangen. Zügig zog er den Autoschlüssel aus dem Schloss.

„Wir sind da, David."

„Ich weiß, Devlin".

„Wollen wir aussteigen?"

„Auf keinen Fall steig ich aus diesem Wagen!"

„Du schaffst das, David. Ich bin bei dir!"

„Nein, meine Knie sind so weich wie Wackelpudding!

Geh du allein. Diesen Anblick möchte ich mir ersparen. Falls es tatsächlich Charleen ist, möchte ich sie so in Erinnerung behalten, wie ich sie gerade vor mir sehe."

„Ich akzeptiere deine Entscheidung. Ich werde nachsehen, ob sie es ist. Wenn es sich um ein anderes Opfer handelt, hole ich dich gleich dazu."

„O.K., damit kann ich leben."

Devlin stieg daraufhin aus dem Auto. Sein Interesse galt in diesem Moment nur einem! Handelte es sich wirklich um Charleen?

Wenn ja, wie sollte er diese schreckliche Nachricht nur David überbringen? Sein Herz raste von Schritt zu Schritt mehr. Gleich würde er die Wahrheit wissen. Mit gemischten Gefühlen näherte er sich dem abgesperrten Bereich. Als ihn eine bekannte Stimme aus seinen Gedanken zurück in die Realität holte.

„Ah, Herr Andrews, wo haben Sie denn Ihren Partner gelassen?"

„Ach, Sie sind es, Herr Doktor Wenzel!

Herr Hixx ist noch im Wagen, er kommt wohl gleich nach."

„Aha!"

„Wissen Sie schon was Genaues?"

„Ja, es soll sich beim Opfer um eine Charleen Hofman handeln. Der Frau wurden die Augen und der Mund zugenäht. Danach trennte er ihr den Kopf ab.

Da dieser Schnitt feinsäuberlich verläuft, vermute ich, dass hierzu als Tatwaffe eine Axt verwendet wurde. Auf ihrer Stirn ritzte er mit einem Messer die Botschaft, Charleen ist tot ein.

Ihren abgetrennten Kopf klemmte er in ihren leicht gebeugten Arm ein. So, als würde sie ihn mit sich herumtragen.

In ihrer Hand fanden wir diese Strophen: ‚Charleen fühlte sich bei ihren Liebsten nicht mehr geborgen, darum hat sie ihren Kopf verloren. Ihren Augen starrten mich ängstlich an, meine Nadel zeigte ihr, was ich alles tun kann. Sie wehrte sich und schrie laut auf, da nahm das Schicksal seinen Lauf.

Mir wurde das Ganze zu bunt,
deshalb nahm ich die Nadel und
kümmerte mich zunächst einmal um
ihren Mund.

Danach sagte sie keinen Laut mehr,
das schätze ich an meinem Opfern
sehr.'

„Wie gestört sich das anhört. Ich
bekomme bei seinen Strophen jedes
Mal eine richtige Gänsehaut.

Den restlichen Körper fanden wir
komplett enthäutet vor. Hierzu
muss er meines Erachtens nach ein
Skalpell verwenden haben.

Außerdem vermissen wir ihre Nieren, ihr Herz und ihre rechte Hand. Es ist wahrlich ein grausamer Anblick. Den man sich besser ersparen sollte."

Devlin kniete sich zur Toten hinunter. Die Leiche war in einem Meer aus Blut gebettet. Man sah an ihren Augengliedern und am Mund die blutverschmierten, feinsäuberlichen Einstiche der Nadel. Für Devlin stand definitiv fest, dass diese akkurate Arbeit kein Laie getätigt hatte.

Das bestätigte nur seine
Vermutung, dass es sich um einen
Mediziner handelte musste.

Ihr gelbgoldenes langes, gewelltes
Haar war voller Blut getränkt. Ihre
Lippen waren mittlerweile schon
blau angelaufen. Als er auf den
enthäuteten Körper blickte, wandte
sich sein Blick sofort ab.

Oh mein Gott, Sie haben Recht.
Das ist einfach nur grauenhaft, was
ist das nur für ein Sadist?"

„Ja, der Täter ist bei diesem Opfer
viel extremer vorgegangen als bei
seinen vorherigen.

„Hat er wenigsten Spuren am
Tatort hinterlassen?"

„Darüber kann ich Ihnen leider
noch nichts Konkretes sagen.
Ich warte nämlich auf die
Spurensicherung."

„Was meinen Sie, wann der
Todeszeitpunkt eingetreten ist?"

„Da die Leichenstarre schon
eingetreten ist, etwa vor ein bis zwei
Stunden."

„O.K., Herr Wenzel, ich werde denn
mal zurück zu meinen Kollegen
gehen. Tschüss."

„Auf Wiedersehen, bis bald, Herr Andrews. Grüßen Sie Ihren Kollegen ganz herzlich von mir."

„Das mach ich, Danke!"

Devlin ging schnurstracks zum Auto. Im Inneren des Wagens saß David erwartungsvoll wie ein Häufchen Elend da. Als Devlin die Autotür öffnete, blickte David ihn mit seinen großen starren, traurigen Kulleraugen an.

„Du kannst es mir ruhig sagen. Ich vertrage die Wahrheit schon irgendwie. Dein Blick hat dich verraten.

Du hast ihre Leiche gefunden.

Nun sag es schon, du Feigling!"

Devlin schaute ihn empört an.

„Nein, David, es war nicht deine
Charleen."

 Erleichtert atmete David auf.

„Danke, lieber Gott, dass du meine
stillen Gebete erhört hast."

„Beim Opfer handelt es sich um
eine Charleen Hofman. Sie wurde
vom Täter enthauptet. Auf ihrer
Stirn hinterließ er die Botschaft,
Charleen ist tot."

„Die Nachricht ist bestimmt an
mich gerichtet."

„Davon gehe ich auch aus. Ihre Augen und ihren Mund nähte er zu. In ihrer linken Hand fand man wieder ein paar geisteskranke gedichtete Strophen.

Den abgetrennten Kopf fand man eingeklemmt zwischen ihrem Arm. David, er ging diesmal viel brutaler vor. Ihre Haut zog er ihr wohl im lebendigen Zustand vom Körper ab.

Herr Doktor Wenzel geht davon aus, dass er dafür ein Skalpell benutzte. Dieses Mal nahm er sich ihre rechte Hand, ihr Herz und Nieren als Souvenir mit."

„Wie krank ist das denn? Hast du die Leiche gesehen?"

„Ja, ich habe mich aber sofort von ihr abgewendet. Solche Bilder prägen einen fürs Leben."

„Einige Fragen wurmen mich schon die ganze Zeit. Wenn Charleen nicht das Opfer war, wo hält er sie versteckt? Hat er sie wirklich wie in seiner Botschaft getötet? Aber wo ist ihre Leiche denn? Man hätte sie längst finden müssen!"

„Diese Fragen kann dir nur einer beantworten!"

„Wer?"

„Na, der Sandmann selbst. Nur er weiß, was sich genau abgespielt hat."

„Wir werden ihn wohl kaum fragen können!"

„Doch, das können wir, wenn wir ihn geschnappt haben."

„So lange kann ich keinesfalls warten. Sollte Charleen wirklich noch am Leben sein, zählt jetzt jede Sekunde. Wohin nur könnte er sie verschleppt haben?"

Devlin zuckte mit den Schultern.

„Ich bin mir sicher, der Sandmann will dich an den Rand des Wahnsinns treiben. Er weiß haargenau, welche Hebel er dafür in Gang setzen muss, um dich zur Weißglut zu bringen."

„Wir müssen doch irgendetwas tun können."

„Ja, abwarten, einen kühlen Kopf behalten und weiter ermitteln."

„Es ist zum Verrücktwerden. Wir haben keinerlei Spuren. Wie nur wollen wir diesen Wahnsinnigen aufspüren?

Ganz ehrlich! Ich habe keine Idee!

Man kann aber davon ausgehen, dass er uns weiterverfolgen wird. Möglicherweise können wir uns dadurch einen Vorteil verschaffen! Lass uns zurück aufs Revier fahren. Doktor Wenzel hat mich über die bisherigen Ermittlungsstand aufgeklärt."

„War die Spurensicherung schon vor Ort?"

„Nein, Herr Doktor Wenzel wartet gerade auf sie. Bin ich gespannt, ob er dieses Mal Spuren hinterlassen hat."

„Das glaube ich kaum."

„Ach, sieh nicht immer so schwarz, jeder macht irgendwann mal einen Fehler, auch der Sandmann."

„Das wäre ja zu schön, um wahr zu sein, dann hätte dieser Spuk endlich ein Ende.

David, denke immer daran, Gottes Mühlen mahlen langsam, aber sicher. So, ich breche jetzt auf, wenn's recht ist! Vielleicht hat Georg ja etwas herausfinden können. Ich hatte ihn gebeten, mein Auto zu inspizieren."

„Klar, gib Gummi."

Devlin startet den Motor. Er fuhr gradewegs zurück zum Revier.

„Oh nein, schon wieder Stau! Langsam hasse ich Autofahren. Da kann man ja gleich öffentliche Verkehrsmittel nehmen! Damit ist man wenigstens schneller am Ziel.

Da fällt mir ein, wir haben ja bei dem ganzen Trubel die SMS völlig vergessen. Georg kann sie bestimmt noch über GPS orten. Es sollte für uns dann ein Kinderspiel sein, Charleen zu finden!" „Naja, zu mindestens ihr Handy."

„Mit etwas Glück finden wir sogar
sein Versteck, dann können wir
dieses Schwein endlich überführen.
Ich sehe schon die Schlagzeilen,
‚Kommissar Hixx und sein Partner
Andrews fassen den Sandmann!'
Was meinst du, das hört sich doch
verdammt gut an, oder?"

„Ja, ganz O.K."

„Mensch David, wir werden
berühmt. Zieh doch mal ein anderes
Gesicht, wenn unser Plan aufgeht,
kannst du Charleen nachher wieder
in deine Arme schließen."

„Das wäre einfach wundervoll, Devlin! Ich sehne mich so nach ihr. Erst nach der Trennung merkte ich, wieviel mir diese Frau bedeutet.

Ich kann mir ein Leben ohne sie nie mehr vorstellen. Es ist, als hätte mir jemand die Augen geöffnet. Erst jetzt ist mir bewusst geworden, dass ich mit Charleen gemeinsam alt werden möchte."

Devlin schwieg, er hatte nur Augen für die Fahrbahn, dennoch wirkte er nachdenklich. David fiel dies nicht weiter auf.

Da er viel zu beschäftigt damit war,
von seiner Liebe zu Charleen zu
schwärmen. Erst, als sie in die Vahr
einbogen, lockerte sich Devlins
Stimmung.

„Gleich haben wir es geschafft,
David." „Ich komm mir vor wie
ein kleines Kind, das es zu
Weihnachten kaum erwarten kann,
seine Geschenke auszupacken.
Nur das es bei mir keine
Geschenke, sondern Neuigkeiten
sind."

9. Die SMS

Nachdem Devlin das Auto auf dem Parkplatz eingeparkt hatte, stiegen beide voller Zuversicht aus. Sie schritten über die Schwelle des Polizeireviers.

„Da sind sie endlich, Hixx", ertönte eine raue aufbrausende Stimme.

Es war Hixx' Chef Herr Baumgardt. Der 54-Jährige runzelte seine faltige Stirn, dabei warf er ihm mit seinen dunkelbraunen Augen einen sehr strengen Blick zu.

Er grummelte: „Kommen sie sofort in mein Büro, es besteht Redebedarf." Hixx nickte seinen Chef einsichtig zu, er folgte ihn ohne einen Mucks in sein Büro. Hixx wusste genau, dass man sich in diesem Moment keinesfalls mit ihm anlegen sollte, da er zurzeit sehr gereizt war, da ihn seine Frau wegen seines Übergewichtes auf Diät gesetzt hatte.

Seine Laune war daher sowieso schon im Keller. Ein falsches Wort von ihm konnte Hixx seinen Job kosten. Darum verhielt er sich lieber ruhig.

„Setzen Sie sich bitte!
Sagen Sie mal, was fällt ihnen
eigentlich ein? Ich versuche Sie
seit Stunden zu erreichen, wenn Sie
nicht in der Lage sind, ihren Job
anständig zu verrichten, tut es mir
für Sie leid."

„Entschuldigen Sie, Herr
Baumgardt. Ich werde ab sofort 24
Stunden für Sie erreichbar sein!"

„Das würde ich Ihnen auch raten!
Beim Arbeitsamt sitzen genug
Leute, die Ihre Arbeit gerne
übernehmen würden! Das sollten
Sie sich täglich vor Augen halten.

Ich hoffe, ich habe mich klar genug ausgedrückt. Und nun gehen Sie endlich an Ihre Arbeit, fürs Rumsitzen werden Sie nicht bezahlt."

Nach diesen Worten verließ Hixx kleinlaut das Büro seines Chefs.

„Na, hast du dir einen Einlauf abgeholt?"

„Nee, der Chef hat mich gerade zum Kaffeekränzchen eingeladen. Er soll versucht haben, mich seit Stunden zu erreichen. Ich kann mir gar nicht erklären, dass ich das Klingeln meines Handys überhört haben soll."

Hixx griff in seine rechte
Hosentasche, er holte sein Handy
hervor.

„Na kein Wunder, dass mich
niemand zu fassen bekommen hat!
Mein Handy ist nämlich aus.
Bestimmt ist es während unseres
Einsatzes ausgegangen.

Wahrscheinlich ist der Akku leer.
Na egal, da kann man jetzt eh nichts
mehr daran ändern!"

„Erkläre es doch einfach dem Chef!"

„Nein, er würde es bestimmt eh nur
für eine billige Ausrede halten.

Ich belasse es lieber dabei."

„Gut, dann lass uns zu Georg gehen! Ich platze vor Neugier!"

„Hallo Georg, danke fürs Ausleihen!"

„Die Hauptsache, der Wagen ist nach deinem Gebrauch noch befahrbar."

„Zumindest das Untergestell", erwiderte Hixx mit einem Lächeln auf den Lippen.

„Du bist ein wahrer Scherzkeks!"

„Hast du etwas herausbekommen?"

„Ja, der Wagen ist sauber!

Es gibt keinerlei Überwachungs-Systeme!"

„Seltsam, wie hat er es nur angestellt, uns auszuspionieren?

Er kann uns nur gefolgt sein! Es gibt keine andere Alternative!"

„Das hätten wir doch gemerkt!"

„Bist du dir da sicher? Möglicherweise waren wir zu sehr mit anderen Dingen beschäftigt."

„O.K., das wäre durchaus möglich."

„Georg, kannst du eine SMS für uns orten? Es würde uns bei unseren Ermittlungen echt weiterhelfen!"

„Das ist einer meiner leichtesten Übungen. Leider geht es nur mit Handynummern.

Wir orten sie per GPS. Natürlich muss das Handy angeschaltet sein, sonst kann ich nichts für euch tun."

„Wie lange dauert es?"

„Das geht relativ schnell!"

„Super!"

„Dann gibt mir mal die Nummer!"

„Mein Handy ist aus! Du weißt doch, mein Akku ist leer! Devlin, schau mal in deinem Handy nach! Du hast ihre Nummer auch abgespeichert!"

„Warte, ich hol mein Handy raus."

Devlin kramte eine Weile in den Taschen seines schwarzen Parkers herum.

„Ah, das ist es ja!"
Hastig blätterte er seine Kontakte durch. „Hier ist sie!"

Er gab Georg das Handy. Georg tippte die Handynummer in seinen Laptop ein. Gespannt schauten David und Devlin ihm dabei zu. Jetzt heißt es abwarten, bis er die Daten verarbeitet hat.

„Ich bete, dass ihr Handy an ist."

Nach gefühlten fünf Minuten spukte der Laptop endlich eine Adresse aus.

„Bingo, wir haben ihn.

Das GPS zeigt den U-Boot -
Bunker Hornisse im Stadtteil Häfen
an. Diesen erbaute man am 6. April
1940. Doch man stellte den Bau nie
komplett fertig. Der ein Viertel
fertiggestellte Bau steht seit diesem
Zeitpunkt leer.

Ein wirklich geniales Versteck für
einen Serienkiller."

„Los, David, wir statten diesen
Psychopathen einen Besuch ab."

„Bin dabei!"

„Soll ich Verstärkung für euch
anfordern?"

„Nein, Georg, das erregt zu viel Aufsehen. Wir wollen ihn ja mit unserer Anwesenheit überraschen. Sollten wir Verstärkung benötigen, werde ich Sie später vor Ort anfordern.

Danke für deine Hilfe!"

„Immer gerne wieder, Jungs!"

„Mach`s gut, wir sehen uns!"

„Seid vorsichtig!"

„Das ist mein zweiter Name", erwiderte Hixx schelmisch.

In schnellen Schritten eilten sie zu Devlins Wagen.

Beide stiegen blitzschnell ein.

Kurz danach befanden sie sich

auch schon auf der Autobahn.

„Von hier sind es etwa 15 Minuten

Fahrt.

Also ein Katzensprung."

„Ja, David, wenn wir es schaffen,

ihn zu überführen, ist der

Sandmann ab heute Geschichte."

10. Der Bunker

Als sie am U-Bootbunker ankamen, überkam Hixx ein recht mulmiges Gefühl. Er blickte sich ständig unwohl um.

Ihn kam es so vor, als würde ihn jemand beobachten. Als er Devlin fragen wollte, ob es ihm genauso erging wie ihm, bemerkte er, dass Devlin spurlos verschwunden war. Panisch rief er mehrmals laut seinen Namen. Jedoch antwortet ihm niemand. David fing an zu grübeln, ob der Sandmann sie bemerkt hatte und er Devlin jetzt ebenfalls in seiner Gewalt hatte.

Bei diesen Gedanken stellten sich seine Nackenhaare auf. Orientierungslos irrte er durch das riesengroße Gelände. Doch Devlin war nirgendswo auffindbar. Kommissar Hixx wurde immer unruhiger!

Bis er an der Hinterseite des Bunkers einen Zugang entdeckte. Ohne lange zu überlegen, zog er leise seiner Waffe aus dem Gurt. Vorsichtig pirschte er sich durch einen langen tunnelartigen Gang hindurch. Im Inneren des Tunnels war es leicht schummrig, kalt und nass.

Hixx rümpfte seine Nase, denn es roch verdammt moderig. An den alten Mauern hingen hin und wieder ein paar flackernde Fackeln, die das Innere aber keineswegs wirklich erhellten.

Schritt für Schritt tastete er sich durch den schummrigen Bunker vorwärts. Bei einem war er sich hundertprozentig sicher!

Er war definitiv nicht allein in diesem Bunker, denn wer hätte sonst die Fackeln angezündet? Misstrauisch lauschte er nach Schritten oder Geräuschen.

Jedoch vernahm er nichts von all
dem. Nur hin und wieder hörte er
das leise Plätschern von Wasser.
Ihm kam das alles immer
mysteriöser vor.

Er fragte sich, ob es eine Falle war.
Diese Unsicherheit nagte an ihm.
Wo war Devlin plötzlich geblieben?
Oder hatte der Sandmann seine
Hände im Spiel?

Blitzartig schoss ihm ein Gedanke
durch den Kopf: Was, wenn Devlin
der Sandmann war?

Dieser Gedanke war genauer
betrachtet gar nicht so abwegig.

Schließlich war er es gewesen, der ihm während der ganzen Ermittlung mit seinen ideenreichen Einflüssen zur Seite stand. Urplötzlich stand Hixx in einem riesigen großen Raum.

Von ihm gingen links und rechts je drei Räume ab. Wo nur sollte er zuerst hineingehen? Er entschloss sich, die Räume der Reihe nach unter die Lupe zu nehmen. Als er den ersten Raum betrat, schrie er auf: „So eine verdammte Sauerei! Jetzt habe ich auch noch nasse Füße."

Sauer ging Hixx weiter. Er hätte keinesfalls damit gerechnet, dass einige der Räumlichkeiten leicht unter Wasser standen. Auf einmal vernahm er ein lautes Poltern.

Er folgte dem Geräusch. Es führte ihn in den dritten Raum auf der rechten Seite. Hixx fragte sich, ob ihn wohl jemand gehört hatte!
Er musste mit allem rechnen, schließlich war der Sandmann mit allen Wassern gewaschen.

Hixx hastete in den Raum!

„Hände hoch oder ich schieße."

„Bitte tue das nicht, David!"

„Charleen, du lebst."

„Ja, ich lebe", sagte sie, dabei
vergoss sie einige Tränen.
„Ich dachte, er tötet mich.
Mach mich schnell los, bevor
er zurückkommt."

„Dieses Schwein! Ich bring den Kerl
um! Wie lange bist du schon an
diesem Stuhl gefesselt?"

„Keine Ahnung! Es kam mir wie
eine halbe Ewigkeit vor.

David, wie hast du mich hier
aufgespürt?"

„Wir haben dein Handy per GPS
geortet.

Hier im Bunker habe ich dich durch Zufall gefunden. Ich bin einem polterndem Geräusch gefolgt."

„Das war ich! Ich habe versucht, die Stricke abzubekommen."

„Hast du eine Vermutung, wer der Sandmann ist?"

„Nein, er war maskiert, aber seine Stimme kam mir so vertraut vor.
Ich kenne sie ganz sicher. Nur woher?"

„Überleg einfach weiter, es wird dir schon noch einfallen.

Ich habe Devlin in Verdacht!"

„Nein, das war niemals Devlins Stimme. Ich hätte sie sofort erkannt. Außerdem habt ihr den Sandmann beide verfolgt."

„Ja, du hast Recht, das hatte ich ganz vergessen. So, ich habe die Fesseln los. Jetzt bist du wieder frei."

„Danke, David! Meine Handgelenke schmerzten schon. Die Stricke haben sich in meine Haut eingeschnürt."

David schloss Charleen in seine Arme. Er presste sie fest gegen seinen Körper, als wollte er sie niemals wieder loslassen.

Charleen zitterte wie Espenlaub.

Sie hatte einen Schock erlitten.

„David, du hast mir so gefehlt!"

„Du mir auch!"

Liebevoll küsste Charleen ihn
auf den Mund.

„Komm, lass uns von hier
verschwinden, Charleen, für das
andere haben wir später noch
genügend Zeit.

Er kommt bestimmt gleich wieder."

„Davon können wir ausgehen".

„Hast du Devlin hier unten
gesehen?

Wir sind zusammen hier angekommen! Wir standen beide draußen vorm Bunker. Ich drehte mich um, weil ich mich beobachtet fühlte.

Als ich mich wieder zu Devlin drehte, war er wie vom Erdboden verschluckt. Ich habe das ganze Gelände nach ihm abgesucht. Doch er blieb verschollen."

„Nein, David, ich habe keinen leisesten Schimmer, wo er ist. Das letzte Mal sah ich ihn, als ihr den Einbrecher verfolgt habt."

„Charleen, ich wäre fast wahnsinnig vor Angst um dich geworden. Ich dachte schon, wir würden uns nie wiedersehen."

„Mir ging es genauso!"

„Was ist eigentlich genau passiert?"

„Hm, ich wartete den Abend auf dich. Irgendwann bekam ich eine Müdigkeitsphase. Todmüde legte ich mich auf das Sofa. Wenige Minuten später siegte meine Müdigkeit.

Als ich aufwachte, befand ich mich in diesem grauen, kalten, nassen Raum.

Schnell merkte ich, dass man meine Hände an einen Stuhl gefesselt hatte.

Ich wurde panisch. Voller Angst versuchte ich mich aus meiner Notlage zu befreien, aber die Stricke waren zu dick. Danach schrie ich mir die Kehle aus dem Leib. Bis mir letztendlich bewusst wurde, dass es keinen Sinn hatte.

Da mich ja eh niemand außer eventuell mein Entführer hörte, hielt ich es für schlauer, mich ruhig zu verhalten. Erschöpft schlief ich danach irgendwann ein. Bis mich dieser Psychopath weckte.

Er offenbarte mir, wie viele spezielle Möglichkeiten es gäbe, mich auf brutalste Weise zu töten.

Er fragte mich hinterher, welche Art mir am meisten gefallen täte. Ich verspürte zu diesem Zeitpunkt eine Angst, die mir fremd war. Ich habe mich in meinen Leben schon oft gefürchtete, aber so intensiv wie in diesen Stunden habe ich sie noch nie verspürt."

„Jetzt brauchst du dich nie wieder fürchten! Ich werde dich ab sofort beschützen."

„Du bist so süß!"

„Ja, du auch, wenn du rot wirst! Sag mal, hast du außer den Sandmann sonst noch jemanden hier unten gesehen?"

„Warum fragst du mich das?"

„Ganz einfach, vielleicht hat er ja einen Komplizen!"

„Nein, außer ihn niemanden!"

„Bist du dir da ganz sicher?"

„Ja, das bin ich!"

„Mensch, Charleen, wo kann Devlin nur stecken?

Wurde ihm die Sache vielleicht zu heikel?"

„Du meinst, dass Devlin ohne ein Wort abgehauen ist?" „Nee, das ist völliger Schwachsinn. Devlin liebt die Gefahr.

Es ist keineswegs seine Art, einfach so zu verschwinden. Es muss ihn etwas zugestoßen sein.

Wahrscheinlich hat der Sandmann den armen Kerl vor meinen Augen verschleppt. Wir müssen ihm helfen, ohne ihn fahr ich keinesfalls Heim."

„Psst, David, ich habe etwas gehört. Ich glaube, er kommt zurück. Oh nein, was wollen wir jetzt tun?"

„Los komm mit, wir verstecken uns!"

„Wo?"

„Da in dem zweiten Raum auf der rechten Seite. Hier sollten wir sicher sein. Wir müssen uns aber ruhig verhalten."

„Der Sandmann wird uns bestimmt finden. Er wird uns umbringen, David!"

„Psst. Bleib ruhig, er wird uns schon nicht bemerken. Er kommt näher."

„Eins, zwei, drei, mein Messer kommt vorbei. Wie zwei Mäuschen sitzt ihr in meinen Bunker da. Ihr zittert um eure Leben, das ist mir schon klar.

Vor mir werdet ihr niemals sicher
sein, auch wenn es euch gelingt,
euch aus meinen Fängen zu
befreien. Ich werde erst aufhören
euch zu jagen, wenn mein Messer
durchdrungen hat euren Magen.
Nur mit einem Stich bis eurer
letzter Tropfen Blut aus eurem
Körper entronnen ist, eure
Innereien werde ich mir genau wie
in den anderen Fällen als Souvenir
in meine Sammlung stellen.

Immer wenn ich sie seh, werde ich
denken, Oje‘.

Wieso war der Kommissar nur so dumm und schnüffelte in meinen Angelegenheiten herum?

Hätte er seine Füße stillgehalten, würde er heute noch durchs Leben schreiten. Manche Leute lernen es eben nie. Und ficken sich selbst ins Knie."

Bei diesen Strophen nahm er sein Messer. Er schleifte es an den grauen Wänden des Bunkers entlang. jedes Mal, wenn er das tat, zuckten Charleen und David ängstlich durch das kratzende Geräusch zusammen.

Es kam ihnen in diesen Momenten so vor, als wären sie Hauptdarsteller in einem Horrorfilm. Selbst die düstere, graue, schummrige Atmosphäre und der Klang seiner kranken Verse erinnerten daran.

Ihr Herz raste. Ihre Atmung wurde von Sekunde zu Sekunde schneller. Seine Schritte nährten sich. Beide rückten immer enger zusammen. David nahm ihre linke Hand. Er versuchte, sie dadurch ein wenig zu beruhigen. Nachdem ihnen bewusst wurde, dass er gerade in diesem Augenblick an ihnen vorbeilief, schauten sie sich tief in die Augen.

Sie beteten, dass er sie nicht sah. Ab diesem Zeitpunkt stand für sie fest, dass sie wohl das Schlimmste überstanden hatten.

„Er ist weg. David, ich fleh dich an, lass uns bitte heimfahren."

„Nein, ich kann Devlin unmöglich hier allein zurücklassen. Wir sind Freunde. Ich könnte mich nie wieder im Spiegel betrachten, wenn ihm was zustoßen würde. Versteh doch, er braucht meine Hilfe. Er würde dasselbe für mich tun."

„Gut, David, dir zuliebe begleite ich dich bei deinem Vorhaben.

Hast du schon einen Plan?"

„Nein! Ich gehe aber davon aus,
dass er hier im Bunker ist. Draußen
hatte ich alles gründlich abgesucht.
Sollte er tatsächlich noch hier sein,
werden wir ihn finden."
„Ihn oder seinen Leichnam!"
„An sowas will ich keinen Gedanken
verschwenden!

Ich schlage vor wir sehen uns die
anderen Räumlichkeiten mal etwas
genauer an. Denn schließlich muss
er ihn ja irgendwohin verschleppt
haben."

„Das ist wohl wahr, David!

Ich habe schreckliche Angst!"

„Die habe ich auch, aber es hilft nix. Da müssen wir jetzt durch. So, auf gehts!"

Auf Zehenspitzen schlichen sie weiter den Bunker hinunter.

„Der dritte Raum auf der rechten Seite ist direkt vor uns. Wie gut, dass sie relativ dicht nebeneinander liegen.

So, ich geh vor, bleibe du direkt hinter mir."

David zog seine Waffe, gewandt drang er ins Innere des Raumes vor.

„Hier ist niemand! Wir versuchen es gegenüber im linken dritten Raum."

„Gut, David, wie du meinst.
Wo geht's da hinten hin?"

„Da ist der Bunker zu Ende!"

„Das hört sich beängstigend an!"

„Wieso?"

„Der Sandmann ist in diese
Richtung gegangen. Das heißt, er
kann sich nur im zweiten oder
dritten Raum auf der linken Seite
aufhalten." „Sei bloß vorsichtig,
David!"

„Vorsicht, meine Süße, ist mein
zweiter Vorname!"

„Ich mache drei rote Kreuze im
Kalender, wenn wir das überleben."

„Das werden wir schon! Ich geh vor, bleib du im Hintergrund."

„Wenn du Recht hast mit dem, was du sagst, kann es verdammt gefährlich werden. Ich möchte keinesfalls, dass dir etwas passiert."

„David!"

„Ja?

„Pass bitte auf dich auf!"

„Egal, was passiert, denk immer daran, ich liebe dich, Charleen!"

„Ich dich auch, David!"

„Ich geh jetzt rein."

„Oh nein, Devlin!"

„Was ist mit ihm, David?"

Hixx kniete sich zu Devlin auf den Boden hinunter. Er konnte das, was er gerade erlebte, immer noch kaum fassen. Devlin lag kreideweiß wie eine Leiche vor ihm auf dem Boden. An seiner Stirn tropfte jede Menge Blut hinunter.

„Er scheint eine Platzwunde am Kopf zu haben!"

„Um Himmels Willen, ist er tot?"

David nahm seine rechte Hand, er fühlte mit zwei Fingern den Puls an seiner Halsschlagader.

„Nein, er lebt. Er muss aber sofort in ein Krankenhaus, sein Puls ist sehr schwach. Charleen, ich brauche deine Hilfe, allein schaffe ich es niemals, ihn hochzustemmen."

„Oh, ist der schwer!" „Na warte, Devlin, du kannst dir was von mir anhören. Ich setzte dich erstmal auf Diät.

Wir müssen ihn irgendwie zum Auto bringen. Nimm du die Beine, ich kümmere mich um den Rest.

So eine verdammte Scheiße, er ist zu schwer. Ich kann ihn keine Sekunde länger halten."

„Gut, wir setzten kurz ab. Atme erst einmal durch. Wir gehen gleich weiter."

„Ach David, das schaffe ich nie!"
„Der Weg macht die Last."
„Und der ist noch lang."

„Es ist bis zum Wagen ein Katzensprung. Du kannst das, Charleen. Gib bitte auf gar keinen Fall auf. Versuch es weiter.
Wir haben keine andere Wahl.
Er verblutet sonst."

„Ich gebe mein Bestes, David, aber versprechen kann ich dir nichts.
Gut, ich bin soweit, David, wir können weiter."„Hauruck."

Nur schleppend kamen sie voran. Immer wieder legten sie eine kurze Verschnaufpause ein. Als sie vor sich ein helles Licht sahen, war ihnen klar, dass sie ihr Ziel fast erreicht hatten.

Gleich waren sie endlich frei. Sie konnten ihr Glück kaum fassen. Keiner von Ihnen hatte wirklich damit gerechnet, dass sie lebend aus diesem Bunker herauskamen.

Doch sie hatten sich zu früh gefreut. Hinter ihnen erklangen wieder die schaurigen, angsteinflößenden Reime des Sandmannes! Er war ihnen gefolgt.

„Eins, zwei, drei, ihr seid lange noch nicht frei. Ich kann eure Angst schon riechen, ihr könnt euch vor mir nicht verkriechen.

Ihr könnt doch jetzt nicht schon nach Hause gehen, ich will euch doch noch sterben sehen. Ich denke mir auch was Schönes für euch aus. Wo bleibt denn jetzt mein Applaus.

Wie wäre das? Ich reiße eure Herzen raus. Dann ist es mit eurer Liebe endlich aus. Doch ich stecke sie zu eurer Beruhigung in ein Einmachglas hinein, dann steht ihr auf meinem Kamin ganz fein.

Ich kann mich dann täglich daran erinnern, wie manche Menschen um ihr vermaledeites Leben wimmern."

„David, ich weiß jetzt, wer der Sandmann ist. Er hat sich selbst verraten. Er sagte, dann ist es mit eurer Liebe aus'. Bei diesem Satz fiel es mir wie Schuppen von den Augen.

Es ist mein Exfreund Adrian Hinz.

Ich habe ihn damals, als ich dich kennengelernt habe, verlassen. Danach lauerte er mir noch eine ganze Zeit auf. Er schickte mir ständig Blumen oder Pralinen.

Ich erklärte ihm, dass ich nichts
mehr von ihm will. Dass ich einen
neuen Mann kennengelernt hatte,
in den ich mich verliebt habe.
Adrian hatte dafür wenig
Verständnis.

Er lauerte mir ständig auf. Erzählte,
wir wären Seelenverwandte und für
einander bestimmt. Ich ließ ihn
einfach stehen. Ich schenkte auch
seinen weiteren Versuchen keinerlei
Beachtung.

Tja, irgendwann hörte er dann
schlagartig damit auf. Ich dachte, er
hätte es endlich verstanden, aber da
habe ich mich wohl geirrt.

Ach David, es tut mir so leid, dass ich dich in diese Situation gebracht habe."

„Psst, mein Schatz", sagte er und berührte ihre Lippen mit seinem rechten Zeigefinger! „Du kannst rein Garnichts dafür! Charleen, du hast dich richtig verhalten. Dein Exfreund hat ein psychologisches Problem. Dafür kann keiner was. Er ist seelisch krank und braucht dringend Hilfe."

„Adrian, ich weiß, dass du es bist, ich habe deine Stimme erkannt, gib auf! Tue es mir zuliebe!" „Niemals, Charleen! Du hast mir mein Herz gestohlen und wie eine Vase zerbrochen. Ich habe dich geliebt und du hast unsere Liebe einfach so weggeschmissen. Ich hasse dich dafür, du Schlampe!

Ich werde euch beide töten."

„Adrian, du bist krank, lass dir helfen!"

„Nein, ich brauche keinen Psychiater. Bei mir funktioniert noch alles sehr gut."

„Es ist zu spät, Adrian. Wir haben die Polizei gerufen. Sie werden gleich hier sein. Du wirst dich wegen der zahlreichen Morde vor einem Gericht verantworten müssen."

„Ich will nicht ins Gefängnis.
Nein, niemals."

Daraufhin hörte man einen Schuss.
Sie brachten Devlin rasch zum
Auto. Schnell verständigten sie den
Krankenwagen und forderten
Verstärkung an.

Nach wenigen Minuten trafen
ein Streifenwagen und zwei
Krankenwagen ein.

Das eine Zwei – Mann - Team
kümmerte sich sofort um Devlin.
Charleen und David blieben bei
ihm.

Das andere Team marschierte zusammen mit drei Polizisten in den Bunker hinein. Nach einer Weile kamen sie mit einer Trage, auf der Adrian Hinz lag, heraus. David ging direkt auf sie zu.

„Ach David, schön dich zu sehen."

„Ganz meinerseits, Georg."

„Warum fährst du Streife?"

„Ist nur heute ausnahmsweise, es sind so viele Leute durch ein Magen-Darm-Virus ausgefallen."

„Ach so, ich dachte schon, du hättest deinen Job an den Nagel gehängt."

„Nein, wo denkst du hin?"

„Na, ist der Sandmann tot?"

„Nein, der Schuss hat das Herz knapp verfehlt. Er wird wohl durchkommen."

„Mensch, Hixx, ab heute bist du hier in Bremen berühmt. Ich lese schon die Schlagzeile: ‚Unsere schöne Stadt Bremen ist wieder sicher. Kommissar Hixx überführte den Sandmann.'"

„Nun übertreibst du auch noch.

Georg, es tut mir echt leid, aber ich habe noch was Wichtiges zu erledigen.

Sei bitte nicht sauer!

Wir sehen uns ja morgen.

Mach es gut, Georg!"

„Mach es besser, David!"

David blickte zu der Trage hinüber, auf dem der Sandmann lag. Er war in der Zwischenzeit zu sich gekommen.

Die Sanitäter hatten ihn erst einmal auf eine Schiebetrage umgelegt, die vor dem Krankenwagen stand. Einer der Sanitäter unterhielt sich gerade mit einem der Polizisten.

Der andere war im vorderen Teil des Krankenwagens.

Hixx nutzte diese Chance. Er wollte es sich keinesfalls nehmen lassen, dem Mann in die Augen zu blicken, der ihn seit Wochen auf Trab gehalten hatte.

Und selbst ihm beinahe zum Verhängnis wurde. Wie sehr er doch durch dieses kranke Arschloch gelitten hatte.

Doch trotz alledem verspürte er keinerlei Hass gegen ihn. Ganz im Gegenteil, er bedauerte sein Schicksal zutiefst. Ja, er verspürte Mitleid.

Er beugte sich über die Trage.

Als er in seine himmelblauen Augen blickte, stellte er fest, dass diese voller Hass erfüllt waren.

Plötzlich griff die rechte Hand des Sandmanns nach seinem rechten Arm.

Leise flüsterte er ihn bedrohlich zu: „Mit dir bin ich noch lange nicht fertig."

Hixx riss sich los. „Ich aber mit dir, du Arschloch!"

Danach wandte er sich von ihm ab. Gemütlich schlenderte er zurück zu Charleen und Devlin.

„Na, wie geht es ihm?"

„Dementsprechend gut.
Der Arzt sagt, er hat einen
Schutzengel gehabt."

„Was ist mit Adrian?"

Er hat es überlebt. Die Kugel hat
sein Herz verfehlt. Da sieh, sie
fahren ihn jetzt ins Krankenhaus.

Ach, ich bin so froh, dass alles
vorbei ist, David."

„Das bin ich auch, Charleen.
Du solltest bei der Polizei anfangen,
dein Bluff war echt genial."

„Nein danke, das ist mir zu
abenteuerlich."

„Devlin soll gleich ins Krankenhaus gebracht werden. Wollen wir mitfahren?"

„Ja, selbstverständlich!"

Beide stiegen in den Krankenwagen. Mit Blaulicht fuhr dieser eine Minute danach ins Krankenhaus.

Dort stellte man fest, dass Devlin nur eine leichte Platzwunde an der Stirn erlitten hatte, die durch einen starken Schlag verursacht wurde. Man nähte diese vor Ort mit sechs Stichen zu. Danach musste Devlin noch einige Untersuchungen über sich ergehen lassen.

Nach knapp einer Stunde stand fest, dass mit Devlin sonst alles in Ordnung war.

Nachdem Charleen und David dies erfuhren hatten, traten sie den Heimweg an. Sie sehnten sich nach einer kräftigen Mütze Schlaf.

Am Abend rief das Krankenhaus an. Es teilte mit, dass Devlin jetzt bei Bewusstsein war und er schon morgen entlassen werde.

Charleen und David sprachen sich an diesem Abend aus. Das Gespräch ging bis in die Morgenstunden hinein.

Einen Monat später fand auch
schon die Hochzeit statt. Devlin
war stolzer Trauzeuge.

Im Haus des Sandmanns fand man
eine umfangreiche Sammlung von
Einmachgläsern, in denen er die
Innereien seiner Opfer aufbewahrte.

Ein Psychologe stellte fest, dass er
die Morde der Frauen aus Hass
begangen hatte. Dieser wurde durch
die Trennung von seiner großen
Liebe Charleen hervorgerufen.

In einem späteren Verfahren musste
er sich für seine Taten
verantworten.

Er bekam eine lebenslange
Freiheitsstrafe mit anschließender
Sicherheitsverwahrung, die er laut
einem gerichtlichen Gutachten
wegen seiner psychischen Probleme
in einer geschlossenen Psychiatrie
verbüßen sollte.